# 천마 사냥꾼

**운경 현대 판타지 장편소설**
WISHBOOKS MODERN FANTASY STORY

# 천마사냥꾼 9

운경 현대 판타지 장편소설

초판 1쇄 찍은 날 | 2018년 4월 17일
초판 1쇄 펴낸 날 | 2018년 4월 24일

지은이 | 운경
펴낸이 | 예경원

기획 | 위시북스
편집책임 | 이규재
편집 | 이즈플러스

펴낸곳 | 예원북스
등록번호 | 제396-2012-000132호
등록일자 | 2012. 7. 25
KFN | 제1-246호

주소 | 경기도 고양시 일산동구 호수로 646-24 위너스21Ⅱ빌딩 206A호 (우)10401
전화 | 031-819-9431 팩스 | 031-817-9432
E-mail | yewonbooks@naver.com

ⓒ운경, 2017

ISBN 979-11-6098-908-3 04810
    979-11-6098-441-5 (set)

# 천마사냥꾼

운경 현대 판타지 장편소설
WISHBOOKS MODERN FANTASY STORY

**9**

Wish Books

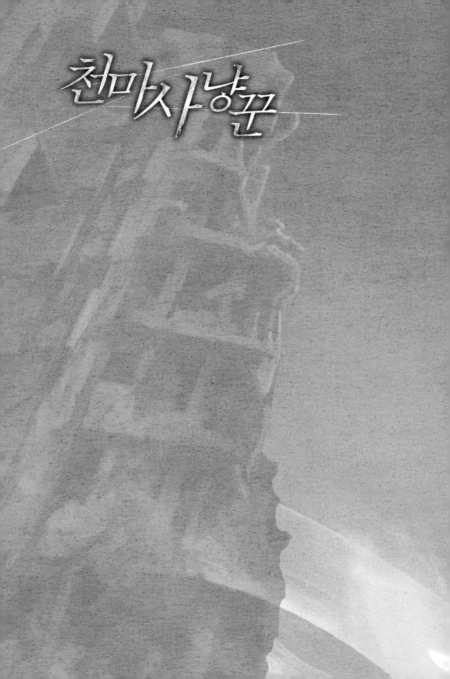

# CONTENTS

# 제27장
# 강행돌파(2)

5

"크아악! 크악. 커허억!"

병동으로부터 수십 m 떨어진 공터.

이연석은 극렬한 격통 속에서 몸부림치고 있었다.

"끄아아아!"

온몸의 혈관이 불타는 것 같았다. 근섬유가 갈가리 찢기고 관절은 뒤틀리고 뼈대는 송두리째 바스러진 것만 같았다.

사실, 실제로도 그러했다.

완전히 만신창이가 되어버린 몸. 음속으로 날아든 70kg의 생체 포탄에 직격당한 결과.

이는 물리력 이외의 힘이 더해졌기에 가능했던 것이었다. 단순한 물리력만으로 박살이 날 만큼 A랭크는 호락호락하지 않았다.

'그 개자식, 대체 무슨 짓을 한 거지?'

왈칵!

검붉은 핏덩이를 토하는 이연석. 그 떨리는 시야 안으로 한 사내가 저벅저벅 걸어 들어왔다.

"적…… 시운!"

적시운은 대꾸하지 않았다. 그저 태연히 걸음을 옮길 따름.

"이 개새끼!"

이연석은 젖 먹던 힘을 다해 몸을 일으켰다. 그 타격을 받고도 일어설 수 있는 것은 역시 초인적인 맷집과 회복력 덕이었다.

"네놈이 감히!"

도저히 인정할 수 없었다.

1급 사이킥. 그중에서도 최상위권의 엘리트. 그게 바로 자신이었다. 이연석이라는 사내였다.

그런 자신의 발끝에도 다다를 수 없었던 2급 사이킥 나부랭이가 바로 적시운이었다. 감히 눈도 마주치지 못했던 게 적시운이란 놈이었다.

그런 버러지 주제에 자신에게 이런 타격을 입히다니?

인정할 수 없는 일이었다. 받아들일 수 없는 일이었다.

"크아아아!"

이연석은 짐승처럼 포효했다. 뜨끈한 피가 사방으로 튀었다. 미칠 듯이 뿜어져 나오는 엔돌핀과 아드레날린으로 인해 몸을 괴롭히던 고통이 사라졌다.

정신이 육체를 초월한 순간, 적시운이 이연석에게 다가와 권격을 떨쳤다.

쾅!

세상이 흔들렸다. 사라졌다고 생각했던 고통이 몇 배가 되어 돌아왔다. 엔돌핀과 아드레날린이 거짓말처럼 증발했다.

"크아아악!"

콰직! 콰직!

콰드드드!

이연석의 몸이 십여 그루의 나무를 꺾고 부수며 날아갔다.

"커억, 컥! 크허억!"

만신창이가 된 이연석이 버둥거렸다. 대체 무슨 조화가 있었는지는 몰라도 적시운의 전투력은 이연석을 훨씬 상회하고 있었다.

단 두 번의 권격만으로 깨닫게 된 사실.

첫 공격에 속임수나 꼼수가 있었을 거라 생각했으나 그게 아니었다. 두 번이나 그를 날려 버린 것은 적시운의 주먹이었다.

'이런 괴물 같은!'

눈알이 뒤집힐 정도의 충격이었으나 인정할 수밖에 없었다.

적시운이 무심히 걸음을 옮겼다. 이연석에게 있어선 사신의 걸음이나 다름없었다.

'어떻게든 시간을 끌어야 한다!'

버서커의 회복력은 둘째 치고 당장 죽기 싫다면 시간을 끌어야 했다. 시간을 끈다면 수비대가, 지원 병력이 올 터였다.

이연석이 더듬더듬 말을 꺼냈다.

"나, 날 기억하지 못하나? 나다. 이연석! 네 입사 동기!"

"……."

걸음을 멈춘 적시운이 감정 없는 눈으로 이연석을 내려다봤다. 다급해진 이연석의 말이 빨라졌다.

"너라면 알 것 아냐? 우리 아랫것들은 그저 까라면 까야 하는 입장이라는 걸. 명령이 떨어져서 차수정 저년을 쫓아온 거지 아는 것은 쥐뿔도 없어!"

"……."

"우리끼리 서로를 죽이려 들어봤자 좋을 게 없잖아? 나도 너도 결국은 이용당하는 입장에 불과하니 말이야!"

"……."

"살려다오. 그럼 전심전력을 다해 네게 협력하겠다. 우리가 힘을 합치면 저 정치꾼 꼰대들을 끌어내리고 이 나라를 지배할 수도 있어!"

"아가리."

"뭐라고?"

"싸물어."

오싹한 소름이 등허리를 훑었다.

이연석이 한마디도 꺼내지 못하는 가운데 적시운은 왼손을 그의 흉부에 얹었다.

"이런 개새……!"

따스한 기운이 몸속에 퍼졌다. 욕설을 토하려던 이연석이 경악 어린 눈으로 적시운을 바라봤다.

"……!"

무슨 짓을 한 건지는 몰라도 그의 육체가 회복되고 있었다.

'설마 이 병신 새끼가……?'

동정심, 혹은 동병상련의 마음이라도 생긴 걸까? 어쩌면 자신의 간곡한 호소에 마음이 동한 것인지도 몰랐다.

분명한 것은 적시운이 자신의 육체를 회복시켰다는 점이었다.

이연석은 조심스레 몸 상태를 살폈다. 반격할 여건만 된다면 한 방 먹이고서 달아날 생각이었다.

'흥, 내가 미쳤다고 네놈하고……!'

반격의 틈을 노리던 이연석의 동공이 순간 확대됐다. 망막 위로는 허공에 들린 주먹이 비치고 있었다.

적시운의 권격이 내리꽂혔다.

쾅!

대지가 위아래로 들썩였다. 이연석의 몸뚱이가 지표면 아래로 1m가량 처박혔다. 어떤 부분은 융기하고 어떤 부분은 가라앉아 주변의 땅이 울퉁불퉁해졌다.

"꺼…… 어……!"

천랑섬권의 묘리가 담긴 주먹이었다. 체내로 파고든 권기는 늑대의 송곳니처럼 이연석의 온몸을 갈가리 찢어발겼다. 느낄 수 있는 거의 모든 형태의 고통이 이연석을 덮쳤다.

부릅뜬 눈은 실핏줄이 터져 시뻘겋게 물든 뒤였다.

적시운이 그의 가슴 위에 손을 얹었다. 이번에도 따스한 기운이 몸으로 스며들며 육체를 회복시켰다.

그러나 도저히 기뻐할 수 없었다. 오직 형언할 수 없는 공포만이 솟아날 뿐.

"너, 너 이런 개새……!"

적시운이 다시 주먹을 내리찍었다.

쾅!

"끄아아악!"

이연석의 눈이 빠질 듯이 튀어나왔다. 갓 회복된 육체가 산산이 쪼개지며 무시무시한 격통이 뇌리를 불태웠다.

육체를 회복시키는 활기공(活氣功)을 주입, 어느 정도 치료한 다음 권격으로 부숴놓는다.

적시운은 집요하게 그 과정을 반복해 나갔다.

그중에서도 특히나 이연석의 신경계를 집중적으로 회복시켰다. 그래야 고통을 보다 명확하고 선명하게 느낄 수 있을 것이기에.

쾅! 쾅! 쾅! 쾅!

간헐적인 파공음이 공터를 울렸다.

실질적으로는 5분도 채 되지 않는 짧은 시간. 그동안 이연석은 평생 느낀 것보다도 많은 고통과 절망을 맛보았다. 자존심도 프라이드도 무너져 내린 지 오래. 나중 가서는 눈물을 흘리며 애원할 지경이었다.

"주, 죽여다오. 차라리 나를……."

"죽일 거다."

적시운이 말을 자르며 대꾸했다.

"계속하다 보면 죽겠지."

"……!"

일말의 감정도 담겨 있지 않은 목소리. 쪼개진 돌멩이를 상대로도 이런 반응을 보이진 않을 것 같았다.

철저한 냉담(冷淡)은 절망감만을 안겨주었다.

이연석은 이성이 붕괴되는 걸 느끼며 비명을 토했다. 처량하기 그지없는 음성이었다.

쿵…… 쿵…….

간헐적으로 들려오는 소리. 이에 맞춰 대지가 희미하게 들썩였다.

차수정은 미약한 두통을 느끼며 눈을 떴다.

"으음……."

천장이 보였고 익숙한 얼굴이 보였다. 임하영의 얼굴을 확인한 차수정은 불안감과 안도감을 동시에 느꼈다.

"여기는……."

"병동 로비예요. 괜찮아요, 수정 양?"

"저는……."

마냥 괜찮다고 말할 수 있을까 싶었다.

마지막 순간엔 정말 끝장이구나 싶었으니까. 하지만 그런 일을 겪었는데도 불구하고 느껴지는 통증은 그리 크지 않았다. 진통제를 맞은 건가 싶었지만 그렇지도 않았다.

분명한 사실은 하나뿐. 이유는 몰라도 몸이 상당 부분 회복됐다는 것이었다.

"뭐가 어떻게 된 건가요, 어머님?"

"그건……."

설명하려던 임하영이 고개를 들었다. 뒤따라 고개를 돌린 차수정의 시야에 익숙한 얼굴이 들어왔다.

"아……!"

벽에 뚫린 구멍을 통해 적시운이 걸어 들어오고 있었다.

말끔한 차림새. 하지만 차수정은 느낄 수 있었다. 그의 주먹에 남아 있는 희미한 피 냄새를.

"일어날 수 있겠어?"

적시운이 질문했다. 차수정은 잠시 후에야 자신을 향한 질문임을 깨달았다.

"저, 그게……."

"아무래도 힘들 것 같구나. 네가 좀 도와야겠다. 시운아."

임하영의 말에 적시운이 그녀를 안아 들었다. 이윽고 따스한 기운이 그녀의 몸속으로 스며들었다.

"선배님이 저를 구해주셨군요."

"어쩌다 보니."

참으로 멋없는 대답이었다.

"이 선배는 어떻게 하셨어요?"

"다시 볼 일은 없을 거다. 대체 뭐 하는 놈인지는 몰라도."

"선배님하고는 입사 동기였잖아요?"

"알 바 아냐, 그딴 거."

무덤덤한 어조에 차수정은 쓴웃음을 지었다.

"그나저나 제게는 물어보지 않으세요?"

"무엇을?"

"왜 제가 어머님을 지키려 했는지, 제가 정말로 선배님 편인지……."

"너, 죽을 뻔했었다."

적시운이 담담히 말했다.

"내가 조금만 늦었어도 확실히 죽었겠지. 그걸 속임수나 계략의 일부라고 생각하는 건 너무 나간 거라고 본다. 무엇보다 진심이 무엇이든 간에 네가 우리 엄마를 지켜준 것은 사실이고."

"그런가요."

"네가 아니었으면 큰일이 났을지도 모르지. 고맙다."

"……그렇지 않아요."

차수정이 간신히 입을 열어 대답했다. 자기도 모르게 눈물이 핑 돌았다.

"사실은, 사실은 저 때문에……."

적시운이 차수정의 대추혈(大椎穴)을 가볍게 짚었다.

그녀는 거짓말처럼 잠에 빠져들었다.

"그 아가씨, 괜찮겠니?"

임하영이 넌지시 물었다. 적시운을 바라보는 눈빛엔 대견함이 가득했다.

"괜찮을 거예요. 어쨌든 바로 세연이를 데리고서 나가죠."

모자는 곧장 병실로 향했다. 전시 상황을 대비하여 지은 건물답게 1층 로비를 제외한 병동은 전체적으로 양호한 상태였다.

이는 적세연이 입원해 있는 방도 마찬가지.

적시운은 그녀의 세맥에 손을 얹고 내공을 흘려 넣었다. 적세연의 몸 상태를 살피기 위함이었다. 구울 감염 인자뿐 아니라, 어떤 형태로든 독소가 남아 있다면 천룡혈독공의 기운이 잡아낼 것이었다.

"……."

다행히 이질적인 기운은 감지되지 않았다. 그래도 혹시 몰라 임하영에게 물었다.

"감염 치료는 끝난 거예요?"

"으응, 한데 그 과정에서 면역력이 많이 떨어졌다고 하더구나. 의사 선생님 말씀으로는 빈혈이나 몸살에 자주 시달릴 거라고……."

"이젠 아니에요."

적시운은 적세연의 몸에도 내공을 불어넣었다. 일시적 효과에 불과하긴 했지만 그녀의 건강을 최대한 유지시켜 줄 터였다.

적세연의 얼굴에 혈색이 돌아왔다. 그것을 본 임하영이 눈물을 글썽였다.

적시운은 차수정과 적세연을 염동력으로 들어 올렸다. 안거나 드는 것보다는 이쪽이 안전하고 안락할 터였다.

"가요, 엄마."

두 사람이 병동 밖으로 나왔을 때엔 이미 수비대의 일부가 도달한 상태였다.

'정면돌파는 힘들겠는데.'

혼자라면 모를까 어머니와 여동생까지 데리고서 싸우기엔 리스크가 너무 컸다.

다행히 뒷문 쪽엔 병력이 배치되지 않은 상태였다. 적시운은 임하영을 이끌고 그쪽으로 향했다. 동시에 백팩에서 통신기를 꺼내어 활성화시켰다.

─시운 님! 시운 님! 시운 님이세요?

밀리아의 음성이 요란하게 울렸다. 적시운은 주변에 염동력 배리어를 쳐 음파가 새어 나가지 않게 했다.

"너희들, 지금 어디야?"

─저번에 들어왔던 입구 쪽. 이거 다 뚫고 들어간 거, 당신이지?

헨리에타의 목소리였다. 적시운은 피식 웃고서 대답했다.

"그래, 어쨌든 잘됐네. 그쪽에서 나 좀 도와줘야겠어."

─……당신이 웬일이야? 도와달라는 말을 다 하고.

"상황이 상황이라. 그다지 어려운 건 아냐."

─어려워도 도울 거니까 걱정 말고 말해.

"좋아, 그러면……."

적시운이 계획을 설명했다. 옆에서 듣고 있던 임하영의 얼굴이 살짝 창백해졌다. 얼떨떨한 것은 헨리에타 측도 마찬가지.

─……정말 그래도 돼?

그녀의 물음에 적시운은 단언했다.

"물론이지."


6


공중파, 뉴스 채널, 신문사, 웹진.

거의 모든 보도 계열의 연락망이 마비됐다. 정부 측에서 엠바고를 건 까닭이었다.

일반적인 의미에서의 엠바고는 권고에 가까운 성격. 하지만 현 정부의 엠바고는 강권을 넘어선 강압에 가까웠다.

제보와 문의는 끊임없이 날아드는데 써먹을 길이 없다. 1면과 메인 페이지를 차지하는 건 시시껄렁한 연예계의 가십

거리들.

위쪽에서 내려온 결정에 기자들의 속만 타들어 갔다.

"썩을. 중요한 순간마다 이따위니 기레기 소리를 들어도 할 말이 없는 거야."

"개짓거리는 윗대가리들이 다 하고, 욕 처먹는 건 우리고."

"근데 정확히 뭔 일이 일어난 거랍니까?"

"몰라. 파견 나간 인원도 군부 통제 때문에 뭘 볼 수도 없다더만."

"들자 하니 특무부 쪽 내분이 원인이라는 것 같던데요?"

"누가 그래?"

"거, 김 기자 있잖습니까. 얼마 전까지 일본 쪽에 종군 취재 나갔던……."

"걔가 뭐라는데?"

"이연석이가 비밀리에 귀환한 것 같다던데요?"

"이연석?"

"예, 그 미친개 있잖습니까. 인터뷰 나간 여기자 벗겨먹으려고 난리 쳤던……."

"아, 그 또라이 새끼? 그놈이 귀환했다고? 여기 신서울에?"

"네, 청와대 쪽에서 불러들인 모양이랍니다. 얼마 전에 허수아비가 입원한 거랑 연관이 있지 않겠습니까?"

"허수아비는 또 뭐야?"

"심재윤이라고 있잖습니까. 김무원 밀어내고 부장 자리 처먹은 낙하산."

"아, 그 자식. 걔 입원했었냐?"

두런두런 수다를 떠는 기자들.

한 글자도 타이핑을 할 수 없다 보니 입을 나불대는 것 말고는 답답함을 해소할 길이 없었다.

"거, 일들 안 하고 뭐 해! 사춘기 계집애들도 아니고 수다만 떨고 자빠졌을 거야?"

약간은 타이밍이 늦은 편집장의 호통. 필시 본인도 내막이 궁금했던 게 분명했다.

기자들이 슬금슬금 흩어졌다. 그 와중에도 안 들릴 듯 들리게끔 구시렁거리는 건 잊지 않았다.

"쳇. 뭘 쓰게 해줘야 휘갈기기라도 하지."

"손발 묶어놓고 헤엄치라는 거야, 뭐야."

편집장의 이마에 힘줄이 돋았다. 안 그래도 윗대가리한테 직방으로 털리는 건 그인데, 아랫것들까지 기어오르니 혈압이 급상승했다.

한바탕 난장판을 피우려는 차, 문을 벌컥 열고서 기자 하나가 뛰어 들어왔다.

"터졌답니다!"

"뭐가?"

"청와대 쪽 파견 기자가 정보를 입수했습니다. 테러랍니다. 건물이 송두리째 날아가 버렸답니다!"

"어디가? 종합병원이?"

땀범벅이 된 기자가 고개를 세차게 저었다.

"특무부 본청이 개박살 났답니다!"

등잔 밑이 어둡다는 옛말까지 들먹일 것도 없었다.

파견 나갔다는 이연석까지 불러들였는데 신서울 내 요원들을 한가롭게 둘 리는 없었다. 필시 종합병원 쪽으로 병력이 집중되고 있을 터. 다시 말해 본진은 텅 비었다는 의미였다.

그래서 적시운은 헨리에타 일행을 그쪽으로 향하게 했다. 비교적 그들에게 익숙한 장소라는 것도 한몫했다.

용건은 실로 간단했다.

"터뜨려 버려."

ㅡ……정말 그래도 돼?

"물론이지."

통신을 끝낸 적시운은 시우보를 펼쳐 공터 너머의 숲을 가로질렀다.

동시에 기감과 염동력 감지망을 펼쳤다. 서로 다른 두 가지의 감지 능력이 합쳐지니 주변 정황을 속속들이 파악할 수 있었다.

'우르르 몰려왔군.'

종합병원을 중심으로 한 반경 3㎞.

그 안에 득실대는 수비대 병력만 3천 명은 되는 듯했다. 다수의 기갑 병기까지 동원됐으며 특무요원 또한 세 자릿수에 이르렀다. 한 사람을 잡기 위한 포위망이라기엔 지나치다 싶을 정도였다.

[해동의 아해들이 예의가 뭔지를 좀 아는군. 이쯤은 되어야 본좌의 후계자에게 어울리는 환영 인사라 할 수 있지.]

적시운은 한숨을 푹 내쉬었다. 남은 뚫고 나갈 생각에 골치가 아픈데 이런 태평스러운 소리라니.

'헛소리는 자제하고 좀 얌전히 계셔.'

[흠. 어차피 자네도 저것들이 두렵지는 않을 것 아닌가?]

그렇기는 했다. 그래도 혹시 모를 상황을 경계해야 했다. 지금의 적시운은 혼자가 아니었으니까.

"시운아?"

임하영이 입을 열었다. 그녀 또한 차수정, 적세연과 마찬가지로 염동력에 들려 있었다.

"불편하셔도 조금만 참으세요."

"난 괜찮아. 그보다 네게 해야 할 말이 있단다."

"듣고 있어요."

"아까 수정 양이 우릴 지키려고 나갔을 때…… 그 선배라는 작자와 나누는 얘기를 엿들었어. 듣자 하니 수정 양도 가족을 볼모로 잡힌 모양이더구나."

적시운은 가만히 고개를 끄덕였다.

김무원의 집 근방, 신 종로에서 전투를 치렀을 당시 차수정이 했던 말이 생각났다.

*"목숨 바쳐 지켜야 할 사람이 있다는 것이, 무슨 의미인지 알기는 하세요?"*

그때 적시운은 거리낌 없이 대답했었다.

*"누구보다도 잘 알고 있지."*

임하영이 말을 이었다.

"오지랖 넓은 얘기일 테고 네게 부담이 될 수도 있겠지만, 가능하다면 수정 양의 가족도 데려갔으면 해. 그냥 두고 떠났다간 무슨 일을 당하게 될지 모르잖니?"

"확실히…… 후환은 남기지 않는 편이 좋겠네요."

"가능하겠니, 시운아?"

적시운은 대답 대신 웃었다. 어차피 추격을 따돌리고 탈출하려면 저들의 주의를 분산시킬 필요가 있었다.

"해보죠."

파앗.

숲이 사라지며 도로가 나타났다. 바리케이드를 치고서 대기 중인 병력 또한.

포위망을 뚫기 위해선 한두 번의 전투는 감수할 필요가 있었다. 그래서 적시운은 이곳을 택했다.

지키고 선 병력의 규모는 제법 된다. 하지만 지리적으로 외진 곳이라 지원군이 금방 도착하긴 어렵다는 이점이 있었다.

"네놈!"

적시운을 발견한 병사들이 기겁했다. 총구가 집중되는 순간, 적시운은 이미 염동력을 발한 직후였다.

후두두둑!

부품 단위로 분해된 총기들이 땅으로 떨어졌다. 50여 명의 소총수가 한순간에 무력화됐다.

"빌어먹을!"

이능력자인 특무요원들이 기운을 발했다. 적시운은 염동력을 방어에만 집중시키고서 무공을 펼쳐 그들을 상대했다.

쾅! 쾅! 쾅!

권격이 터질 때마다 두어 명의 요원이 박살 나서 널브러졌다. 무력화시키기는 하되 죽이지는 않을 정도의 정교한 손속. 그래도 몇 달간은 병원 신세를 져야 할 터였다.

"크윽! 이, 이럴 수가!"

"제어기를 가동해!"

뒤늦게 염동력 억제 장치, APS가 발동됐다. 반구형의 장막이 펼쳐지며 근방의 모든 이능력이 사라졌다.

"해치워!"

쿠구구구!

마지막까지 남아 있는 병력, 기간틱 아머들이 적시운을 향해 돌진했다. 동시에 맨몸의 소총수들이 내달렸다. 목표는 적시운 너머. 세 여인을 인질로 잡으려는 심산이었다.

물론 그러도록 내버려 둘 생각 따윈 없었다.

적시운이 단전의 기운을 끌어올려선 진각을 밟았다.

"꿇어."

쿠웅!

대지를 내리찍는 발끝.

천마보의 외식(外式) 중 하나인 토룡진(土龍震)이 펼쳐졌다.

프츠츠츠!

적시운으로부터 퍼져 나온 무형의 기운이 병사들의 다리

를 타고 올라 배 속을 진탕시켰다.

"꺼어억!"

"크학!"

병사들이 게거품을 물고서 쓰러졌다.

모든 것은 한순간에 벌어진 일. 더군다나 적시운은 이미 다음 행보에 들어간 뒤였다.

콰직! 쾅! 콰지직!

권으로 꿰뚫고 조법으로 찢어발기고 장으로 터뜨린다. 찢긴 장갑과 부품들이 허공으로 비산했다. 염동력 억제기를 건드릴 것도 없었다. 박투술만으로도 kw-28 비룡들을 무력화시키는 데엔 문제가 없었다.

그래도 전부 걸레짝으로 만들지는 않았다. 그중 몇 기는 비교적 멀쩡한 상태로 내버려 둔 채 조종석만 노렸다.

콰드득!

"히이익!"

철판을 뜯어내자 파랗게 질린 얼굴의 조종수가 나타났다.

간단한 점혈로 재워 버리고는 바깥으로 내던졌다.

이어서 미네르바를 꺼냈다.

USB 단자를 조종석에 꽂고는 해킹에 들어갔다.

한국군 제식 GA인 비룡에는 간단한 패턴의 AI가 설치되어 있다.

조종수가 사망했을 때를 대비해 넣어둔 프로그램으로, 조종수 없이도 기본적인 행동을 하게끔 만들어 둔 것이었다.

적시운은 미네르바를 통해 그것을 조작하기로 했다.

약간의 시간 소요로 5기의 비룡에 명령을 심었다.

"가서 멋대로 날뛰어 봐."

기이이잉.

조종석이 텅 빈 비룡들이 걸음을 옮겼다. 마지막으로 염동력 억제기를 박살 낸 적시운이 임하영에게 돌아왔다.

"괜찮으세요?"

"……으응."

임하영은 얼떨떨한 표정이었다. 기실 그녀로서도 아들이 싸우는 광경을 눈앞에서 목도한 것은 이번이 처음이었다.

"시운이 너는? 다치거나 하진…… 않았겠구나. 나도 참 주책맞지."

피식 웃은 적시운이 차수정에게 다가갔다. 좀 더 쉽게 해주고 싶었지만 그녀를 위해서라도 지금 깨울 필요가 있었다.

가슴에 손을 얹고 기운을 흘려 넣었다. 미세한 기운이 그녀의 정신을 강제로 깨웠다.

"헉!"

차수정이 헛숨을 토하며 눈을 떴다. 놀란 눈을 깜빡이는 그녀에게 적시운이 말했다.

"지켜야 할 사람이 있다고 했지? 자세히 얘기해 봐."

"……네?"

"신서울을 빠져나갈 생각이야. 네 가족을 두고 갔다간 인질이 되거나 험한 짓을 당하겠지. 그냥 둘 수는 없을 것 아냐?"

멍한 얼굴이던 차수정이 황급히 고개를 끄덕였다.

"그러니 자세한 상황을 설명해 줘. 그들까지 구해서 빠져나갈 생각이니까."

"선배님……."

차수정이 눈물을 글썽였다. 적시운은 살짝 미간을 찡그렸다. 짜증보다는 난감함 때문이었다.

"고맙다는 인사는 됐으니 어서 말하기나 해. 시간이 빠듯할지도 모르니."

"이런 미친 새끼!"

와장창!

최고급 고려청자가 산산조각이 났다. 청자를 내던진 윤필중의 두 눈은 새빨갛게 충혈되어 있었다.

특무부 본청이 폭삭 내려앉았다. 예기치 못한 테러에 의해. 병력을 모조리 내보낸 상태였기에 제대로 방비조차 하지 못한 차였다.

급보는 거기서 그치지 않았다.

―타깃이 아무래도 포위망을 돌파한 것 같습니다.

무성의하기 짝이 없는 보고에 윤필중은 눈알이 뒤집힐 것만 같았다.

"아무래도라니? 돌파한 것 같다니! 그걸 지금 보고랍시고 씨부리는 건가!"

―죄송합니다.

"상황 파악을 제대로 한 후에 보고해! 놈이 정말 포위망을 돌파했는지 알아내란 말이다!"

―정황상 돌파한 게 확실해 보입니다. 조금 전 해킹당한 비룡 5기가 포착되었습니다.

"해킹이라고? 그건 또 무슨 개소린가!"

―그것이…… 타깃 측에서 포획하여 프로그램 조작을 가한 모양입니다.

"크으으……!"

양동작전을 펼쳐 본청을 파괴한 무리가 있음을 감안한다면 적시운이 혼자라 보기는 어려웠다.

그래도 종합병원 쪽 정황만 보자면 적시운은 혼자였다. 목격자들의 증언 및 정황 증거 또한 이를 뒷받침했다.

오히려 차수정을 비롯한 혹덩이를 달고 있는 마당. 한데 포위망을 뚫고서 기간틱 아머까지 해킹했다는 것이다. 도저히 믿을 수가 없는 얘기였다.

그나마 다행인 점은 놈의 목표가 대강 예상된다는 것.

"차수정, 차수정, 차수정!"

신경질적으로 중얼거리던 윤필중이 파일을 열었다. 차수정의 동생이 입원해 있는 병원의 이름이 나타났다.

"지금 당장 전 병력을⋯⋯!"

"그러니까⋯⋯."

적시운은 나직이 말했다.

"신서울 대학 병원이란 말이지?"

7

신서울 대학 병원.

신서울 종합병원과는 별개의 병원으로, 신서울 대학교에 부속되어 있는 곳이었다.

"네 동생이 그곳에 있단 말이지?"

"네. 그곳에 수혁이가, 제 동생이 입원해 있어요."

"병명은?"

"세이크리드 증후군이에요."

과학의 발전과 세계의 변화 속에서, 인류는 수많은 미지의 영역을 정복했다. 병과 질환 또한 그중의 하나. 루게릭병과 같은 기존의 불치병들은 더 이상 인간을 괴롭히지 못하게 되었다.

하지만 그 반대급부로 새로운 병환들이 나타나 인류의 골칫거리가 되었다. 세이크리드 증후군은 그 대표 격. 이능력의 발현과 함께 나타난 부작용이라 할 수 있었다.

이능력자는 일반인과 다른 DNA 염기 구조를 지닌다. 이것이 선천적으로 타고나는 이들이 있는가 하면, 후천적으로 발현되는 이들 또한 존재했다.

세이크리드 증후군은 이 중 후자에게 나타난다. 급작스러운 염기 구조의 변화 과정에서 육체가 붕괴를 겪는 것이다.

증상은 에이즈와 흡사했다. 급격히 낮아지는 면역력, 근섬유의 경화 및 골격의 약화. 육체를 망가뜨리는 갖가지 증상이 동시다발적으로 찾아왔다.

완치는 사실상 불가능.

최선의 치료는 육체 붕괴 속도를 최대한 늦추는 것이었다. 그런 만큼 차수정의 표정 또한 처연하기 그지없었다.

"어쩌면 그 아이를 내버려 두는 게 나을지도 몰라요. 설령 구해서 데려간다고 쳐도, 완치시키는 건 불가능할 테니까요."

"동생이 죽기라도 했으면 좋겠다는 거야?"

"그럴 리가 있겠어요?"

발끈한 차수정이 얼굴을 치켜들었다.

"그 아이를 치료할 수만 있다면 뭐든지 할 거예요. 설령 제 목숨을 대가로 바쳐야 한다고 해도!"

"정말 그럴 수 있어?"

"네?"

"네 목숨, 바칠 수 있냐고."

젖어 있는 차수정의 눈동자가 순간 흔들렸다. 반면 그녀의 망막에 비친 적시운의 얼굴은 미동이 없었다.

"물론이에요."

"좋아."

적시운은 나직한 어조로 말했다.

"일단은 구하러 가자고. 다음 일은 구하고 나서 생각하지. 움직일 수 있겠어?"

"네? 아, 네."

"싸우는 건?"

"육박전은 힘들겠지만 능력 발현 정도라면 그럭저럭할 수 있을 거예요."

"좋아. 그럼 마음의 준비를 해둬."

먼 방향을 돌아본 적시운이 말했다.

"강행돌파를 해야 할 테니까."

"전 병력은 신서울 대학 병원으로! 적시운이 이끄는 테러리스트들은 그곳으로 향할 것이다!"

서슬 퍼런 명령에 수비대 병력이 이동하기 시작했다. 명령을 내린 윤필중 본인 또한 지휘 본부의 문을 박차고 나왔다.

"우리도 그곳으로 간다!"

"예, 각하!"

특임 장관 호위대가 윤필중의 뒤를 따랐다.

부우우웅!

방탄 처리를 비롯한 갖가지 특수 코팅이 된 리무진이 도로를 가로질렀다. 그 앞뒤를 수십 기의 장갑차와 기간틱 아머가 호위했다.

"빌어먹을!"

리무진 좌석에 앉은 윤필중이 연신 욕설을 토했다.

"역적 도당 놈들! 이 나라를 말아먹으려는 불순분자 새끼들!"

마수들의 광란이 잦아들자 인간들이 발광하는 꼴이라니.

윤필중은 머리가 부글부글 끓는 것을 느끼며 이를 갈았다.

삐비빅.

예의 관료용 통신 채널에 불이 들어왔다.

—윤 장관, 상황이 어떻게 돌아가고 있소?

—특무부 본청이 폭파당한 모양이던데, 아직도 그 일파를 소탕하지 못한 것이오?

—여론 통제에도 한계가 있는 법이외다.

윤필중은 주먹 쥔 손아귀를 입안 한가득 깨물었다. 그러지 않고서는 터져 나오려는 욕설을 참지 못할 듯싶었다.

'개새끼들! 자기네 집구석에 편하게 앉아 아가리만 나불거리는 쓰레기들!'

대통령이 사라진 현재 대한민국의 정점이라 할 수 있는 인간들. 의회 내각의 윗대가리들!

그들 또한 간담이 서늘할 터였다. 듣도 보도 못한 요원 나부랭이가 이 난장판을 만들고 있는데, 포획은커녕 꼬리조차 잡지 못하고 있으니 말이다.

그렇다고 자기네가 나서려고 할 리는 없었다. 제 목숨을 그 무엇보다 귀하게 여기는 능구렁이 집단. 그게 바로 저들이었다.

물론 윤필중도 그 집단의 일원이긴 했다. 하지만 지금 상황을 보자면 그렇지 않았다.

'적시운 그놈이 뒈지지 않으면 내가 죽는다!'

상황이 이렇게 흘러가다간 감당할 수 없게 된다. 국민들의 분노를 잠재울 희생양이 필요한 시점이 올 것이다.

그 1순위는 물론 윤필중이었다. 수비대 특임 장관의 자리는 애초부터 이를 위한 것이었으니까.

물론 윤필중은 쉽사리 당해줄 생각이 조금도 없었다.

"놈은 신서울 대학 병원으로 향했소. 지금 전 병력을 끌고 가 놈과 그 무리를 일거에 쓸어버릴 것이오."

말을 내뱉기 무섭게 또 다른 통신 채널이 울렸다.

─특무부 본청에 테러를 가한 무리가 북서부 게이트로 향하고 있습니다.

내각 의원들 또한 그 내용을 들었다. 북서부 게이트라면 신서울 대학 병원과는 정반대 위치였다.

─괜찮으시겠소, 윤 장관? 병력의 일부라도 차출해 그쪽을 지원해야 하는 것 아니오?

─듣자 하니 전 병력을 대학 병원 쪽에 집중하시는 것 같은데…….

─그래서야 저들의 양동작전을 감당하기 힘들지 않겠소?

책임질 생각도 없으면서 감 놔라 배 놔라 하는 인간들.

윤필중은 뿌득뿌득 이를 갈았다.

"대학 병원으로부터 눈을 돌리려는 적시운의 술책일 뿐이오. 지금 그쪽으로 병력을 분산시키면 놈을 해치울 전력만 느슨해질 거요."

─고작 한 명을 잡기 위해 테러 집단을 내버려 두겠단 말씀이오?

"그 한 명이 놈들의 핵심이오."

─지금 적시운이라는 자 혼자서 이 모든 일을 벌였다는 말씀이오?

"그렇소!"

윤필중이 힘주어 대답했으나 내각 의원들의 반응은 미지근했다.

─윤 장관, 놈에 대한 증오심은 알겠지만 지금은 자중해야 하지 않겠소?

─물론 윤 장관의 아들이 놈에게 망신을 당했다는 것은 알고 있소만…….

순간 윤필중의 두 눈에서 불똥이 튀었다.

"어떻게 그걸 알았소? 주성이 놈의 일은 철저히 비밀에 부쳤거늘!"

─그야…….

"설마 내 뒷조사라도 한 거요? 그런 거요?"

─윤 장관, 그런 게 아니오.

"아니긴 뭐가 아니오! 지금 한판 해보자는 거요? 나 윤필중이오, 윤필중! 당신들과 동등한 입장의 특임 장관! 그게 바로 이 윤필중이란 말이오!"

―우리가 그걸 모르겠소, 윤 장관? 그저 침착하게…….

"침착하고 자시고 할 것도 없소! 테러리스트 소탕은 내 소관이니 의원들께선 참견 마시오!"

윤필중은 통신 장치를 거칠게 껐다. 그걸로도 분이 풀리지 않아 껍데기를 뜯고는 내선을 잡아 뽑았다.

"개 같은 새끼들……!"

기록상 남아 있지도 않은 내용까지 알아둔 상태. 윤필중의 뒷조사를 철저히 했다는 뜻이었다.

그 이유는 뻔한 것. 문제가 생겼을 경우 탈탈 털어버리겠다는 게 분명했다. 희생양을 철저히 박살 내야 자기네가 안전할 테니. 다시 말해, 내각은 이미 윤필중을 버림패로 보고 있다는 뜻.

윤필중으로선 벼랑 끝까지 내몰린 심정이었다.

"내가 이렇게 무너질 것 같나? 이 윤필중이? 절대 아니다. 네놈들 따위에게 당할 내가 아니다!"

분노에 차 욕설을 토해내는 윤필중. 충혈된 눈동자 위로 살기가 번들거렸다.

"적시운 그놈을 처치한 다음은 네놈들 차례다!"

호위대 병력은 이제 대학 병원이 위치한 거리로 들어서고 있었다.


윤필중이 나가 버린 통신 채널.

나머지 내각 의원들은 여전히 대화를 이어가고 있었다.

-윤필중이 저거, 위험하지 않겠소?

-수비대 조금 데리고 다니더니 자기가 개선장군이라도 된 줄 아는 모양이군.

-건방진 새끼.

-이번 일을 잘 마무리하더라도 토사구팽할 필요가 있을 것 같소.

-음.

-확실히 너무 대가리가 커버리긴 했지.

찬성 의견을 내비치는 의원들. 그 와중에 한 의원이 나직이 운을 뗐다.

-만약 윤필중이 실패한다면?

-…….

-…….

모두가 은연중에 떠올리고 있던 생각.

만약 적시운, 그놈이 무사히 신서울을 탈출해 버린다면?

-그 개자식, 설마 혼자서 대한민국 전체와 대적할 수 있을 거라 생각하는 건지 의문이구려.

-혼자는 아닐 것이오. 특무부 본청 테러만 봐도 그렇고…….

　-과천 놈들이 배후에 있을 수도 있소. 김무원이 건만 봐도 그렇잖소?

　-그놈들, 설마 대한민국 정부와 부딪치려는 것인지…….

　-만약 그렇다면 어찌해야겠소?

　짤막한 침묵이 흘렀다.

　-없애야지. 무슨 수를 써서라도.

　-그 말씀은…….

　-중국, 일본, 그 외의 세력의 힘을 빌려서라도 놈을 해치워야 하오.

　묵직하고도 단호한 음성.

　궁정의 공기가 의원들 사이로 흘렀다.

　-근본도 없는 요원 출신 애송이에게 무릎을 꿇을 수야 없는 일 아니겠소? 타협하거나 굴복하는 순간, 이 나라의 격인 바닥에 떨어지게 될 것이오.

　-으음.

　-과연…….

　나직한 동의 속에서 예의 음성이 힘주어 말을 이었다.

　-우리가 쌓아 올린 공든 탑을, 그깟 놈에게 결코 넘겨서는 아니 되오.

헨리에타 일행은 일부러 속도를 늦추어 북서 방향 게이트로 이동했다. 조금이라도 많은 수비대 병력을 유인하기 위함이었다.

하지만 유인책은 생각만큼 먹혀들질 않았다.

"정부 측에도 머리가 돌아가는 사람이 있긴 한 모양인데."

헨리에타의 보고를 받은 적시운이 중얼거렸다.

그들의 위치는 남서울 공원. 신서울 대학 병원과는 얼마 떨어지지 않은 곳이었다.

공원은 한산했다. 적시운이 이곳으로 오리란 것을 예상한 듯, 대학 병원까지 이어지는 거리에는 병력이 쫙 깔려 있었다.

종합병원 쪽 배치 병력 또한 이곳으로 향하는 중. 멍하니 있다간 앞뒤로 포위당하게 될 터였다.

"걸을 수 있겠어?"

적시운의 질문에 차수정이 고개를 끄덕였다.

"네, 그럭저럭 움직일 수 있어요."

그럴 터였다. 적시운이 격체전공을 통해 그녀의 몸에 기운을 불어넣었던 것이다.

"그래도 몸을 너무 맹신하지는 마. 지금 네 몸은 회복된 게 아니라, 도핑을 받은 상태에 가까우니까."

"선배님이 하신 건가요?"

"그래."

차수정이 분홍빛 입술을 달싹였다. 대체 어떻게 한 거냐고 물으려는 듯했다. 하지만 결국 질문을 꺼내진 않았다.

"알겠어요, 선배님."

적시운은 임하영을 돌아봤다. 그녀는 누워 있는 적세연의 머리칼을 조심스레 쓸어내리고 있었다.

"안전한 곳에 숨겨드리고 싶지만, 지금은 좀 힘들 것 같아요."

"시운이 네가 그렇다면 그런 거겠지. 이 어미도 함께 가마."

적시운은 모녀의 몸 주변에 두 겹의 보호막을 둘렀다. 기본적으로 염동력 배리어를 두르고, 그 안쪽에 천마신공을 기초로 한 강기의 방어막을 둘렀다. 억제기에 당하더라도 강기 방어막은 남게 될 것이었다.

"다치시는 일은 없을 겁니다. 지금은 제 곁이 가장 안전할 거예요."

"그래, 우리 아들."

임하영이 미소로 화답했다. 마주 미소를 지은 적시운이 고개를 돌렸다.

미소가 사라진 자리에 침착과 냉정이 남았다.

전방의 병력 배치를 유념하며, 적시운은 걸음을 떼었다.

'전속력으로 강행돌파 한다!'

# 제28장
## 선전포고

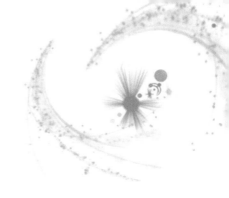

1

"흥, 별것도 아닌 것들이."

두 손을 탁탁 터는 밀리아. 그녀의 아래로는 신서울 수비대원들이 널브러져 있었다.

헨리에타와 밀리아의 현재 위치는 북서쪽 게이트. 특무부 본청을 폭파한 후 그곳으로 이동하라는 게 적시운의 명령이었다.

그 이후에 자연스럽게 빠져나가라는 의도였겠지만, 그녀들은 적시운만 두고서 신서울을 떠날 생각이 없었다.

"이것밖에 따라오지 않은 걸 보면 전부 시운 님한테로 갔겠지?"

"아마도."

헨리에타는 기절한 수비대원들의 몸을 뒤졌다. 죽이는 것보다 살린 채 무력화하는 게 어려운 법인데, 그녀들은 어렵잖게 세 자릿수의 병력을 무력화한 뒤였다.

"찾았다."

헨리에타가 장교로 보이는 이의 품에서 통신기를 꺼내 들었다. 스위치를 켜니 노이즈 사이로 사람들의 음성이 들려왔다.

"어, 그런데……."

두 여인이 난감한 얼굴로 서로를 돌아봤다.

"무슨 얘기인지 알아듣겠어?"

"전혀……."

한국어를 한마디도 알아듣지 못하는 그녀들이었다. 과천 특구에서라도 번역용 아티팩트를 구해뒀어야 했다는 후회가 들었다.

"어쩌지? 이래서는 시운 님의 위치도 알 수가 없잖아."

밀리아가 울상을 지었다. 적의 통신을 엿들어 적시운의 위치를 찾자는 계획이 무산되고 만 것이다.

"잠깐만."

헨리에타가 몸을 일으켰다. 그녀는 먼 방향을 가만히 주시하더니 돌연 저격 소총을 들어 올렸다.

탕!

끼이이익!

수풀에 가려진 먼 곳으로부터 요란한 마찰음이 들려왔다. 제법 길게 이어지던 소리는 쿵 하는 충돌음과 함께 끝났다.

달려가 보니 미니밴 한 대가 측면으로 엎어져 있었다. 천장 쪽에 안테나가 달려 있는 걸 봐선 방송국 차량인 듯했다.

"아이고오……."

곡소리를 내며 기자들이 기어 나왔다. 이내 두 여인을 발견한 그들의 얼굴이 핼쑥해졌다.

"영어 할 줄 아는 사람?"

헨리에타의 질문에 기자들이 움찔했다. 씨익 웃은 밀리아가 쿵 소리가 나도록 대검을 내리찍었다.

"말 안 들으면 이거 꽂아버린다?"

"……!"

기자들의 얼굴이 새파랗게 질렸다.

신서울 대학 병원을 중심으로 한 10개의 블록이 텅텅 비었다. 해당 구역의 거주자들은 무인 드론을 통해 외부로 피신

한 상태.

물론 그 과정에서 불평과 불만이 터져 나왔으나 수비대는 묵살했다. 그리하여 광범위한 방어진이 갖춰졌다.

옥상마다 스나이퍼가 배치되었다. 건물 모퉁이마다 기갑 부대가 말뚝을 박았다. 핵심이라 할 수 있는 병원 마당에는 특무요원들이 배치되었다. 언제든 출동할 수 있게끔 만반의 준비를 갖추고서.

약간의 빈틈조차 없는 병력 배치. 약점을 찾아 파고들기란 불가능에 가까워 보였다.

"그러니 뚫고 들어가야지."

적시운이 뚜벅뚜벅 걸어가며 말했다. 대학 병원의 정문으로 쭉 이어지는 대로. 너무 노골적이라 배치 병력은 오히려 적은 지점이었다.

"서, 선배님?"

차수정조차 약간은 당황한 표정이었다. 그녀의 동생을 구출하러 온 것이었지만, 그래도 너무 갑작스러웠던 것이다.

"선배님!"

적시운이 멈추지 않자 그녀의 목소리가 한층 커졌다.

"왜?"

나직이 물으며 돌아보는 적시운. 차수정은 뭐라고 말을 꺼내야 할지 한동안 고민했다.

"설마 지금, 정면돌파를 하시려는 거예요?"

"정답."

"수비군은 이능력 억제기를 충분히 갖추고 있을 거예요!"

"알아."

"……뭔가 묘책이라도 있는 거죠?"

"글쎄. 그걸 묘책이라 불러야 할지는 모르겠지만……."

적시운이 다시 걸음을 옮겼다.

"정면돌파 자체가 놈들의 허를 찌른다는 이점은 있지."

그 말엔 차수정도 반박할 수가 없었다. 직접 눈으로 보고 있으면서도 믿기가 어려울 지경이었으니.

같은 편인 그녀조차 이러한데, 적들이라면 말할 것도 없으리라.

"접근 금지! 더 이상 접근하면 발포하겠다!"

적시운을 발견한 소총수가 소리쳤다. 야전교범을 따른 대응이었다.

원래는 발견 즉시 사살하란 명령이 떨어진 상태. 그러나 너무 대놓고 걸어오는지라 차마 적시운일 거라고는 생각지도 못한 것이었다. 즉시 사격을 가했더라도 차이는 없었겠지만.

"웬만하면 눈을 꼭 감고 계세요. 봐봤자 딱히 좋을 것도 없을 테니."

적시운이 말했다. 10m쯤 떨어진 뒤편에 배리어에 감싸인 임하영과 적세연이 있었다.

"엄마 걱정은 말려무나."

"……갈게요."

적시운이 속도를 높여 달리기 시작했다. 특정한 보법을 펼치진 않았으나 그래도 일반인의 전력질주보다 빨랐다.

"큭!"

"설마!"

총구를 들어 올리는 병사들. 순간 무형의 파장이 그들을 덮쳤다.

꾸우우욱!

경동맥을 압박하는 무형의 힘. 산소 결핍 상태에 빠진 병사들이 눈을 까뒤집은 채 널브러졌다.

적시운은 계속해서 전진했다. 정신을 다잡은 차수정 또한 그 옆으로 달라붙었다.

생각보다 간단히 1차 저지선을 넘어섰다. 물론 그 뒤로도 최소 3개 이상의 방어선이 있기는 했지만.

피잉!

발아래에서 파편이 튀었다.

스나이퍼의 저격. 각도를 보건대 병동 옥상임이 분명했다. 이미 건물이 장악되었다는 뜻.

차수정의 심장박동이 빨라졌다.

"냉정을 잃지 마."

적시운이 말했다. 그가 손을 좌에서 우로 훑자 날아들던 탄환들이 낙엽처럼 쓸려 나갔다.

두두두두!

정문 앞을 지키던 기간틱 아머들이 쇄도했다. 그것을 본 차수정도 마음을 독하게 먹었다.

"제가 할게요."

앞으로 나선 그녀가 두 팔을 앞으로 뻗었다. 갈색 눈동자가 일순 사파이어색으로 물들었다.

푸화아악!

도시 한복판에 빙하기가 도래했다. 쓰나미처럼 터져 나온 얼음폭풍이 쇄도하던 기간틱 아머들을 단번에 얼려 버렸다. 날아들던 탄환까지도 운동에너지를 잃고 떨어져 버릴 지경이었다.

다치고 쇠약해지긴 했어도 그녀는 A랭크 이능력자. 충분히 초월적인 힘을 지닌 존재였다.

"너무 무리하지 마."

적시운이 그녀의 어깨에 손을 얹었다. 힘의 발산을 멈춘 차수정이 나직이 한숨을 쉬었다.

"제가 너무 오버한 걸까요?"

"약간. 그래도 이 정도면 선전포고로는 나쁘지 않아. 저쪽의 움직임도 방해할 수 있을 테고."

얼음폭풍의 흔적은 병동이 있는 위치까지 뻗어 있었다. 도로는 완전히 빙판이 되어 지원 병력의 이동력을 저하시킬 터였다.

두 사람은 계속 전진했다. 차수정이 3겹의 방어선을 모조리 얼려 버린 덕택에 병원의 정문까지 방해 없이 다다를 수 있었다.

"거기까지다, 반역자!"

병동 모퉁이에서 특무요원들이 우르르 몰려나왔다. 이능력 억제기가 없는 걸로 봐선 숫자로 찍어 누르겠다는 계산 같았다.

"차수정! 반역자를 따라 조국의 등에 비수를 꽂겠다는 것이냐!"

"제정신이 아니군!"

연신 비난을 쏟아내는 요원들. 그러나 차수정은 동요하지 않았다.

"적시운 선배는 반역자가 아니고, 나 또한 조국을 배신한 적이 없어."

"이연석 선배가 살해당했다!"

"그건 이연석이 개자식이어서 죽은 것뿐이야. 당신들도

잘 알 텐데?"

요원들의 얼굴에 희미하게 스쳐 가는 동요. 기실 그들 또한 본인들의 말에 정당성이 없다는 것쯤은 알고 있었다.

적시운은 그들을 한차례 훑어봤다. 익숙한 얼굴이 몇몇 보였다.

"오랜만이라고 인사할 만한 상황은 아닌 것 같군. 그러니 짧게 말하지. 뒈지기 싫으면 꺼져. 지금부터는 봐주지 않는다."

"미쳤구나, 적시운. 우리 모두를 상대하기라도 하겠다는 거냐?"

"상대하는 게 아니라."

쿵!

적시운이 진각을 밟았다. 그를 중심으로 한 반경 20m의 대지가 쩌저적 갈라졌다.

"뭣⋯⋯?"

몇몇 요원이 당혹감에 얼굴을 붉혔다. 적시운을 익히 알고 있는 옛 동료들. 적시운의 능력에 대해서도 잘 안다고 자부하는 이들이었다.

―놈을 사살하라!

통신기에서 호통이 흘러나왔다. 그 말에 움찔한 요원들이 각자의 이능력을 끌어올렸다.

"누구지, 그건?"

"윤필중 특임 장관님이다. 지금 네 앞으로 지휘관의 사살 명령이 떨어진 거다."

옛 동료가 적시운의 질문에 답했다.

"우릴 원망하지 마라, 적시운."

"안 해. 근데 너희는 나 원망해도 된다."

파앙!

적시운이 땅을 박찼다. 반사적으로나마 반응한 요원은 3명도 되지 않았다.

쾅!

"꺼…… 헉!"

말을 나누던 요원의 허리가 기역 자로 꺾였다. 근섬유가 갈가리 찢기고 뼈마디가 와르르 무너지는 순간, 요원의 의식이 쏜살처럼 퇴장했다.

"좀 많이 아플 거거든."

타앗!

말을 마치자마자 시우보를 펼치는 적시운. 섬전 같은 신형이 요원들 사이를 종횡무진했다.

"막아! 억눌러! 어떻게든 놈을 붙들어!"

"놈을 죽여!"

혼란 속에서 소리치는 요원들. 그들이 앞서 받은 정보엔 이런 얘기가 조금도 없었다. 특히나 예전의 적시운을 기억하는 이들의 충격은 더욱 컸다.

차수정 또한 전투에 가담했다. 그녀의 손끝에서 흘러나온 한기가 적시운에게로 향하는 이능력을 상쇄시켰다.

적시운 또한 염동력을 방어에 집중시켰다. 갖가지 기운이 적시운을 노리고 쇄도했지만 보법으로 회피하고 이능력으로 상쇄하니 얼추 방어가 가능했다.

반면 저들의 상황은 그 반대.

콰광!

"크허억!"

"으아아악!"

천랑권의 초식이 터져 나올 때마다 요원들의 비명도 함께 터졌다. 하나의 권격마다 한 명 이상의 요원이 패대기쳐졌다.

"흡!"

짧게 호흡을 끊은 적시운이 주먹으로 대지를 내리찍었다. 앞서 펼쳤던 토룡진의 수법을 권격에 응용한 것. 천랑권 외식인 진천뢰(震天雷)였다.

쿠구구구!

대지를 매개체로 퍼진 기운이 요원들의 다리를 타고 배 속을 직격했다.

"커허억!"

"끄으으으……!"

육체 강화 능력자를 제외한 대부분이 진탕된 배를 부여잡으며 고꾸라졌다.

육체에 타격이 가니 적시운을 향한 이능력 공세도 눈에 띄게 약해졌다.

"제, 제기랄!"

그나마 타격을 덜 받은 바바리안 요원이 적시운의 뒤쪽으로 냅다 달렸다. 임하영과 적세연을 발견하고는 그녀들을 인질로 잡으려는 심산이었다.

"하압!"

몸을 날려 그녀를 부둥켜 잡으려 했다. 그러나 보이지 않는 무형의 막에 막혀 실패했다.

"이런 빌어먹……!"

"빌어먹을 건 네놈이지."

등 뒤에서 들려오는 스산한 음성.

오싹 놀란 바바리안 요원이 상체를 뒤틀며 팔을 휘둘렀다.

터억!

팔을 붙든 적시운이 요원을 메어쳤다. 바바리안의 머리부터 그대로 처박혔다.

꿈틀. 꿈틀.

콘크리트 바닥에 머리를 박은 채 움찔거리는 요원. 살아서 달싹거리는 건지 사후경직인지는 알 수 없었다.

"히이익!"

그나마 정신이 남아 있는 요원들이 뒷걸음질 치기 시작했다. 걷거나 뛸 수 없는 이들은 두 팔을 버둥거리며 달아나려 했다.

적시운은 지풍을 날려 그들의 혈을 짚었다.

마지막 요원까지 거품을 물며 엎어짐으로써 전투가 끝났다.

'강해……!'

차수정은 속으로 중얼거렸다.

같은 편이고 지켜보는 입장일 뿐인데도 식은땀이 날 지경이었다.

'적시운 선배는 어쩌면, 어쩌면…….'

"몇 호지?"

적시운의 질문.

흠칫한 차수정이 급히 대답했다.

"1302호예요."

"좋아. 가자."

적시운이 곧장 허공으로 몸을 띄웠다.

엘리베이터를 탈 것도 없이 그대로 날아 13층에 다다라서는 창을 깨고 들어갔다.

침대에는 10대 중반쯤으로 보이는 소년이 누워 있었다. 그 옆에는 강철 같은 인상의 중년인이 앉아 있었다.

"윤필중 장관……!"

차수정의 목소리가 떨렸다.

윤필중은 그 와중에도 흔들림 없는 시선으로 적시운을 노려보았다.

## 2

짤막한 침묵.

깨진 창으로 바람이 새어 들어오는 가운데 윤필중의 시선이 천천히 움직였다.

차수정, 임하영과 적세연을 차례로 돌아본 그가 다시 적시운을 노려봤다.

"네놈이 바로 적시운이로군."

윤필중의 음성엔 노기가 가득했다.

"천둥벌거숭이 같은 놈. 조국의 수도를 난장판으로 만드니 속이 시원하더냐?"

"뭐라고요? 지금 그걸 말이라고 하세요?"

기가 막힌 임하영이 언성을 높였으나 윤필중은 미동도 하지 않았다. 그녀의 목소리는 들리지도 않는다는 듯.

적시운이 손을 들어 어머니를 제지했다. 임하영은 씩씩거리면서도 아들의 뜻을 존중해 입을 다물었다.

"조국의 수도라······."

"그렇다. 대한민국. 네가 태어나고 자란 나라!"

"그 잘난 나라가 대체 내게 뭘 해주었지?"

"네놈 가족들이 지금껏 뒈지지 않고 살아남은 것은 이 나라 덕택이었다."

"그건 내 희생의 대가였다. 내 목숨값이었고!"

적시운의 눈에서 살기가 폭사됐다. 윤필중은 움찔했으나 이를 악물고 버텼다.

"죽게 되더라도 상관없다고 생각했었다. 엄마와 누나, 세연이만 무사히 살아남는다면 괜찮을 거라고 생각했지."

쿠구구구.

방 안의 물품들이 적시운의 분노에 반응하여 허공에 떠올랐다.

"조국에 대한 보답 역시 충분히 했어. 특무요원으로서 수많은 전장을 누볐고, 많은 이의 목숨을 지켰다."

"······."

"그 대가는 뭐였지? 너희는 내 가족들에게 무얼 해주었지?"

"흥, 네놈만 특별 대우를 해주길 바란 것이냐?"

"당신들이 약속했었다!"

콰광!

윤필중 뒤쪽의 벽이 뜯겨 나갔다.

"크헉!"

"컥!"

벽 너머에서 대기 중이던 요원들이 피를 토하며 튕겨 나갔다.

"……!"

윤필중의 얼굴이 새파랗게 질렸다. 기습을 위해 병력을 배치시켜 두었는데, 조금 전에 간파당한 것이다. 그뿐 아니라 역습까지 허용했다. 요원들이 나자빠진 꼴을 보면 보통 심각한 타격이 아닌 듯했다.

'현 특무부의 정예 요원들이거늘!'

A랭크 이상의 이능력자라 해도 홀로 감당할 순 없는 전력. 이 정도 숫자와 질로 기습한다면 능히 해치울 수 있으리라.

그것이 윤필중 측의 계산이었다.

한데 이렇게 허망하게 당해 버리다니?

"이 나라가! 정부가 약속했었다! 내 목숨을 바치는 대가로 가족들을 돌봐주겠노라고!"

푸확!

적시운의 등 뒤에서 흑색 기운이 폭사됐다. 순수한 천마신공의 강기가 양어깨 위로 활짝 펼쳐졌다.

마치 악마의 날개처럼.

"이, 이봐. 적시운이. 뭔가 오해가 있었던 것 같은데."

"아가리 닥쳐. 네놈의 썩어빠진 생각 따윈 전부 꿰뚫어 보고 있으니까."

"나, 나는 자네에게 그런 일이 있었는지 전혀 몰랐네."

"그랬겠지. 일개 요원 따위의 사정 따위를 잘나신 장관님이 알 리가 없으니."

적시운이 한 걸음을 뗐다. 시커먼 그림자가 윤필중의 얼굴 위로 드리웠다.

"이런 빌어먹을!"

권총을 빼 든 윤필중이 침대 위의 환자, 차수혁을 겨냥했다.

"허튼 생각을 하면……!"

후드드득!

손아귀의 권총이 산산이 분해되어 흩어졌다. 스프링과 부품 조각이 손가락 사이로 흘러내리는 걸 보며 윤필중은 아연실색했다.

"이런……!"

차수정이 윤필중에게로 저벅저벅 걸어갔다. 그녀가 다가오자 윤필중이 어색하게 웃었다.

"이보게, 차 요원."

"못 들었어?"

퍽!

차수정의 주먹이 윤필중의 인중에 틀어박혔다. 걸쭉한 핏물 두 줄기가 윤필중의 코끝으로부터 뿜어졌다.

"선배님이 닥치라고 하시잖아."

"끄흐으……!"

벌러덩 널브러진 윤필중이 코를 움켜쥐었다.

"이 개 같은 연놈들! 감히, 네놈들이 감……!"

뻑!

"끄으윽!"

복부를 걷어차인 윤필중이 숨넘어가는 소리를 냈다.

차수정은 그걸로도 분이 풀리지 않은 듯 윤필중의 복부를 연신 걷어찼다.

"내 동생에게 총을 겨눠? 이 개자식!"

"끄흐, 허억. 크헉!"

"죽어!"

차수정이 윤필중을 짓밟는 동안, 적시운은 기운을 유지한 채 주변을 살폈다. 추가 병력이 옥상으로부터 강하하려는 게 느껴졌다.

"하아앗!"

"이얍!"

돌연 터져 나오는 기합성.

무형의 염동력이 차수정을 덮쳤다. 차수정은 급히 기운을 끌어올려 보호막을 쳤다.

쓰러져 있던 요원들이었다. 격산타우의 강기 격발로 내상을 입었는데도 기어코 이능력을 발휘한 것이었다.

"저런 인간에게 충성을 바치겠다는 거야? 정말로?"

기가 막혀 소리치는 차수정. 요원들은 표정을 구기면서도 그녀의 말을 무시했다.

"텔레포트를 써! 어서 빨리 나를 옮겨라!"

피투성이가 된 윤필중이 소리쳤다. 텔레포터 요원이 가까스로 이능력을 발휘해 그를 순간 이동시켰다.

"칫!"

차수정이 냉기를 집약시켜 복도를 향해 후려쳤다. 복도 전체가 꽝꽝 얼어붙은 가운데 요원들이 결국 정신을 잃고 쓰러졌다.

"바보들……."

저들 또한 싸워야만 하는 입장이었을 터. 입맛이 썼지만 어쩔 수 없었다.

차수정은 마음을 가라앉히고 적시운을 돌아봤다.

"어쩌죠?"

"기다려."

적시운은 차수혁의 흉부에 손을 얹고 있었다.

무엇을 하려는지 알고 있는데도 차수정은 철렁하는 기분이었다.

스스스스.

따스한 기운이 차수혁의 몸으로 흘러들었다. 쌕쌕거리던 위태로운 호흡이 차츰 고요하게 변해갔다.

"선배님……."

차수정의 목소리가 가늘게 떨렸다. 참으려고 했는데도 눈물이 핑 돌았다.

그녀는 비틀거리며 동생에게로 다가갔다.

"치료한 건 아냐. 잠깐 병환에 저항할 수 있게 힘을 보태 준 것뿐이지. 최대한 빨리 빠져나가야 해."

"윤필중은요?"

"내가 쫓아간다. 어머니와 세연이를 맡기지. 여기서 기다려."

"여기서요? 하지만……."

"조만간 병력이 썰물처럼 빠질 거다. 설마 여기에 계속 남아 있을 거라고는 놈들도 생각하지 못하겠지. 병력이 전부 빠지면 북서쪽 게이트로 향하도록 해."

"조금 전엔…… 일부러 윤필중에 텔레포트하게 내버려 두셨군요?"

적시운은 대답 대신 창가에 섰다. 마침 몇 가닥의 로프가

늘어져 내리고 있었다.

팟!

적시운이 창을 박차고 나왔다. 동시에 염동력을 격발. 로프를 늘어뜨리던 특수부대를 후려갈겼다.

"크아악!"

"컥!"

부대원들이 옥상 위에 널브러졌다.

그들이 기절했음을 확인한 적시운이 곧장 아래로 뛰어내렸다.

"밟아! 어서 밟으란 말이다!"

피투성이가 된 윤필중이 고래고래 소리쳤다. 새하얗게 질린 운전수가 있는 힘껏 액셀을 밟았다.

신서울 대학 병원의 지하 주차장.

장갑차와 방탄차로 이루어진 무리가 소음을 쏟아내며 빠져나왔다.

─장관님? 저희는 이제 어떻게 합니까? 장관님?

"적시운이 온다! 놈을 잡아! 죽여! 반드시 죽여 없애라!"

괴성에 가까운 명령을 토한 윤필중이 몸을 웅크린 채 부들

부들 떨었다.

"제기랄. 제기랄. 빌어먹을!"

그는 대한민국의 수도, 신서울 수비대의 특임 장관. 수많은 정적을 분쇄해 가며 이 자리에까지 올랐다.

이번에도 마찬가지. 자신을 향한 정적들의 음모를 분쇄하고 주도권을 쥐어야만 했다. 지금껏 그래 왔던 것처럼. 위기를 넘어 기회를 거머쥐어야만 했다.

한데 그 모든 게 틀어져 버렸다.

저 괴물 같은 놈 하나 때문에!

"내가 한 게 아닌데!"

윤필중은 억울했다. 그는 타임 슬립 프로젝트에 대해서도, 적시운에 대해서도 알지 못했던 것이다.

더군다나 특임 장관씩이나 되어서 일개 요원 따위를 신경 쓸 겨를이나 있단 말인가?

"그깟 놈! 그깟 놈 따위를!"

대한민국 내각을 좌우하는 의원들. 윤필중은 그중 하나였다. UN 내에서도 상위권을 차지하는 이 나라의 진정한 실세였다.

반면 적시운은 그 나라의 기틀을 송두리째 뒤집으려 하는 역적 도당. 태생부터 천한 일개 요원에 불과했다.

"그런 네놈이 날 죽일 수는 없다!"

윤필중이 고래고래 소리 지르는 와중, 적시운은 행렬 최전 방에 위치한 장갑차 위에 안착했다.

터엉!

조종수들이 움찔했다. 그러나 상부 장갑에 착륙한 적을 공격할 수단이 마땅히 없었다.

"쏴 갈겨!"

"죽여!"

뒤따르는 차량들로부터 총탄이 빗발쳤다. 하나같이 안티 사이킥 기능을 탑재한 탄환. 적시운도 그걸 알기에 염동력이 아닌 호신강기만을 펼쳐서 버텼다.

타타탕!

연신 몸 위로 튀어 오르는 불꽃. 적시운의 옷가지가 삽시 간에 걸레짝이 되어 흩날렸다. 그래도 몸으로 버텼다. 따갑 기는 했지만 못 버틸 수준은 아니었다.

"이건 내 사례다."

적시운은 주먹을 그러쥐었다. 천마결의 호흡을 따라 칠성 공력이 손아귀로 뭉쳐들었다.

그 힘이 충분히 축약된 순간, 적시운은 바닥을 향해 주먹 을 후렸다.

쾅!

장갑차가 폭삭 주저앉았다.

끼이이익!

양 바퀴의 무한궤도가 내장처럼 비어져 나왔다. 뒤따르던 차량들이 멈춰 선 장갑차에 충돌했다.

콰과과광!

10중 추돌 사고가 펼쳐졌다.

불길과 폭발음이 도로 한복판을 수놓았다.

시커먼 불길이 하늘 높이 치솟는 가운데, 윤필중이 탑승한 리무진 역시 허리가 꺾인 채로 뒤집혔다.

"크허어억!"

찌그러진 문을 열고 윤필중이 기어 나왔다. 살아 있는 게 용할 정도의 몸 상태. 그 와중에도 악착같이 팔을 뻗고 있었다.

적시운이 그 앞에 섰다.

그 얼굴을 본 윤필중이 피 섞인 침을 튀기며 소리쳤다.

"날 죽이면 네놈은 대한민국의 공적이 된다! 네 가족들은 물론, 네놈과 연관된 모두가 1급 수배범이 되어 쫓길 것이다. 한국뿐만이 아니라 일본, 중국을 비롯한 전 세계의 사냥꾼들이 네놈들을 쫓을 것이다!"

"……."

"그래도 좋으냐? 네 가족들까지 사살 대상으로 만들어 쫓기게 만들고 싶으냐?"

대답도 없고 움직임도 없다. 윤필중은 어둠 속에서 한 줄기 희망이 비치는 것을 느꼈다.

"일개 개인은 국가를 당해낼 수 없다. 그건 네놈이라 해도 마찬가지야. 네놈이 아무리 잘나고 강하다고 해봤자 혼자 몸으로는 한계가 있는 법이다!"

"……."

"지금이라도 순순히 투항해라. 그러면 네놈의 죄를 더 묻지 않겠다. 그뿐 아니라 최고의 대우를 해줄 것을 약속하지. 대한민국 내각 의원의 지위를 걸고 맹세한다!"

일단 이 상황만 벗어나면 된다. 놈을 제거할 기회는 언제든 다시 찾아올 것이다.

윤필중이 그렇게 생각하는 가운데, 적시운이 나직이 입을 열었다.

"처음엔 달아날 생각이었어."

"뭐라고?"

"나와 내 가족들, 그들만 무사하면 된다고 생각했어. 가족들을 데리고 먼 곳으로 달아나 숨어 살면 되지 않을까, 그렇게 생각했다."

"……."

"하지만 그건 내 착각이었어."

"……!"

불길한 느낌이 윤필중을 엄습했다.

적시운은 싸늘한 눈으로 말을 이었다.

"도망자로 남아 있는 이상은 아무것도 취할 수 없어. 위험의 근원, 그 자체를 송두리째 제거하지 않는 이상은 영영 행복할 수 없어. 나도, 가족들도."

"네, 네놈……!"

"이것은 나, 적시운의 선전포고다."

두근!

심장이 약동하는 소리가 고막을 때렸다.

윤필중이 의아해하는 가운데 박동 소리가 차츰 빨라져 갔다.

쿵쿵쿵쿵!

미칠 듯이 쿵쾅대는 심장.

윤필중의 얼굴이 새빨갛게 변했다.

"너, 너어!"

팍!

풍선이 터지는 듯한 소리.

고막을 찢을 듯한 심장 소리가 사라졌다. 윤필중의 생명 또한.

"그래야만 살아남을 수 있다면, 까짓것 해주지."

털썩 널브러지는 윤필중을 내려다보며 적시운은 선언했다.

"싹 쓸어버려 주마, 네놈들의 세상."

# 제29장
## 전쟁의 암운

# 1

빙판이 되어버린 도로.

미니밴 한 대가 그 위를 질주하고 있었다.

끼이이익!

속도를 낮추지 않은 탓에 바퀴가 헛돌았다. 미니밴이 팽그르르 회전하며 미끄러지는 와중 옆문이 벌컥 열리며 큼직한 칼날이 튀어나왔다.

콱!

바닥에 박힌 칼날이 브레이크가 되었다.

얼음 바닥을 부수며 미끄러지던 미니밴이 기어코 멈췄다.

"휴!"

가벼운 숨을 토하며 내려서는 이는 밀리아. 헨리에타가 뒤따라 미니밴에서 내렸다.

"팔은 괜찮아?"

"이쯤이야 아무것도 아니지. 그보다……."

밀리아가 뒤쪽으로 눈을 흘겼다.

"시운 님이 여기 계신 거 틀림없겠지?"

"무, 물론이오. 분명 이쪽으로 향했다는 제보를 받았소."

얼이 빠져 있던 기자 중 하나가 대꾸했다.

두 여인은 고개를 돌려 신서울 대학 병원을 응시했다.

"저쪽이야."

무언가를 발견한 헨리에타가 말했다.

입원 병동의 13층. 창문이 깨진 지점이 있었다. 더불어 바깥 벽면에는 끊어진 로프들이 대롱거리고 있었다. 보아하니 한차례 전투가 벌어졌던 모양.

헨리에타와 밀리아는 서로를 돌아보며 고개를 끄덕였다.

"저기겠지?"

"확실히."

"좋아, 그럼 꾸물거리지 말자고."

오른팔을 붕붕 돌리며 밀리아가 걸음을 뗐다.

넋 나간 채 있던 기자 하나가 화들짝 놀라 일어섰다.

"자, 잠시만!"

"뭐죠?"

헨리에타의 반문에 기자는 잠시 어물거렸다.

"그…… 여러분에 대해 조금만이라도 알려주시겠습니까?"

어설픈 억양의 영어. 그래도 알아듣는 데엔 큰 무리가 없었다.

"알려달라니, 무엇을요?"

"아무 거나라도 좋습니다. 이름, 소속, 그리고 가능하다면 목적도……."

"나는 밀리아! 이쪽은 헨리에타! 우리의 소속은 데몬 오더!"

시원스러운 밀리아의 대답에 헨리에타가 혀를 찼다.

기자가 무언가를 더 물어보려 하자 헨리에타가 말을 끊었다.

"일단은 거기까지만. 그 이상은 말해줄 수 없어요."

"그, 그럼 하나만 물어봐도 되겠습니까? 여러분은 어디서 오셨습니까?"

"북미 제국."

짤막히 대꾸한 헨리에타가 몸을 돌렸다.

"예전엔 미합중국이라 불렸다더군요."

"미국에서!"

경악성을 토하는 기자.

더 묻고 싶어 안달이 났지만 이미 두 여인은 병동 쪽으로 몸을 날린 뒤였다.

"바보야, 시운한테 나중에 한소리 듣고 싶어서 그래?"

"뭐 어때? 어차피 조만간 다들 알게 될 텐데."

"그건 아직 모르는 일이잖아."

병동 앞에 도착하자 밀리아가 헨리에타를 안아 들었다. 그러고는 버서커의 각력을 발휘, 단번에 점프하여 13층까지 다다랐다.

창으로 들어서니 차수정의 모습이 보였다. 침대에 누워 있는 차수혁과 적세연, 그 옆에 앉아 있는 임하영 또한.

긴장된 얼굴로 반격 태세를 갖추고 있던 차수정이 두 사람을 확인하고는 안도했다.

"요격하지 않길 잘했군요. 선배님의 동료분들이시죠?"

"시운은……?"

"윤필중을 쫓아갔어요. 그리 멀리 가시진 않았을 거예요."

대답이 끝나기 무섭게 헨리에타의 통신기가 울렸다.

―1층으로 내려와.

적시운의 목소리였다. 두 사람의 위치를 이미 알고 있다는 말투. 초인적인 감지력 덕택일 터였다.

"알겠어."

통신을 끝낸 헨리에타가 차수정을 돌아봤다. 고개를 끄덕인 차수정이 임하영에게로 시선을 옮겼다.

"가시죠, 어머님."

"그래요."

임하영이 자리에서 일어섰다.

바깥을 살피던 밀리아가 힐끔 그녀를 돌아봤다.

"이 아줌마는 누구?"

"선배님의 어머님이세요."

차수정이 영어로 답하자 밀리아가 한 대 맞은 표정을 지었다.

"어, 어, 어, 어머님?"

임하영이 빙긋 웃었다. 영어를 잘 모르는 그녀였지만 간단한 단어 정도는 알아들을 수 있었다.

"시운이의 동료분들이죠? 고마워요."

"뭐라고 하셨어? 나한테 화내시는 건 아니지?"

차수정에게 애걸하듯 묻는 밀리아. 차수정은 작게 한숨을 쉬고서 헨리에타에게 물었다.

"이 여자, 원래 성격이 이래요?"

"……."

[하하하! 바로 이거지. 이 패기, 이 용맹! 이것이야말로 본좌의

후계자다운 모습이 아니겠나!]

천마의 웃음소리는 호탕하기 짝이 없었다. 듣고 있는 적시운으로선 고역에 지나지 않을 따름이었지만.

"다 웃었으면 입 좀 다무시지."

[암, 우리 후계자가 그러라는데 들어줘야지.]

적시운은 한숨을 참으며 윤필중의 몸을 뒤졌다.

입과 코로 피를 쏟는 것 말고는 윤필중의 시체는 멀쩡한 편이었다.

[한데 너무 자비롭게 해치운 것 아닌가. 고작해야 염통을 터뜨리는 데 그치다니.]

"이자는 시간 역행 계획에 대해 거의 모르는 눈치였어. 원흉이라 할 만한 인간은 아니라는 뜻이지."

[흐음, 원흉이라.]

"뭐, 굳이 따지자면 모든 일의 시발점은 계획을 진두지휘한 중국 정부겠지만."

중화인민공화국.

미합중국이 멸망한 현재 세계를 아우르는 진정한 실세였다.

물론 미국은 소멸하지 않고서 북미 제국으로 재탄생했다. 그래도 대외적으로 알려져 있지 않은 데다 지난 수십 년간 약진한 중국의 힘은 그야말로 독보적이었다.

"전성기 미국을 제외하면 맞설 상대가 없을지도."

[흐음.]

"당신네 나라…… 라고 하면 좀 이상하려나? 어쨌든 감상이 어때?"

[어차피 한족의 나라요, 중화(中華)의 나라가 아닌가. 본좌가 애착을 가질 이유는 없네.]

"그래?"

[남만, 서융, 북적, 동이……. 놈들에 의해 이민족이라 뭉뚱그려진 이들이 얼마나 핍박당하고 수탈당했는지 아는가?]

"그건……."

[천마신교의 역사는 투쟁의 역사요, 중화에 대한 도전의 역사였네. 본좌가 단순히 싸움에 미친 투견 같은 놈이라 백도무림에 저항하고 맞섰는지 아는가?]

적시운은 대답하지 못하고 침묵했다. 이제 와 돌아보면 그는 천마에 대해서도 천마신교에 대해서도 제대로 아는 바가 없었다. 그저 천마를 죽여야만 집으로 돌아갈 길이 열릴 것 같았기에 행했을 뿐.

그 일을 후회하진 않았지만 새삼 입맛이 썼다.

[하긴 지금 와서 말해봐야 무얼 하겠나. 모두 천 년도 더 지난 과거의 일인 것을.]

천마가 쓴웃음을 짓는 게 느껴졌다.

[그러니 자네는 본좌의 일일랑 신경 끄고 지금의 이 땅에 천마신교의 새로운 뿌리를 내리는 것에만 집중하게.]

"어째서 얘기가 그렇게 흐르는 건데?"

[안 할 건가? 어차피 선전포고를 날린 이상, 돌이킬 수도 없을 텐데.]

윤필중의 품속에서 일방향 통신기가 나왔다. 일종의 블랙박스와 같은 물건.

적시운이 내뱉은 말이 모조리 전송되었을 터였다.

"그럴지도."

나직이 중얼거린 적시운이 걸음을 옮겼다.

차수정 일행과 재회한 적시운은 곧장 북서쪽 게이트로 향했다. 이참에 아예 행정부까지 박살 내버릴까 하는 생각도 들긴 했다. 하지만 리스크를 감안해 관뒀다.

'마음 놓고 싸우기엔 위험 요소가 너무 많다.'

일행은 게이트 앞에 당도했다. 수비 병력은 보이지 않았다. 물론 그렇다고 안심할 수는 없었다.

"함정일까?"

"어쩌면."

헨리에타에게 대꾸한 적시운이 구멍 너머로 걸음을 내디
뎠다.

"먼저 갈 테니 1분 뒤에 출발해서 따라오도록 해. 차수정,
네가 맨 뒤를 맡고."

"알겠어요, 선배님."

"시운 님! 그럼 저도 같이……."

"나 혼자 가는 쪽이 편해."

짤막히 대꾸한 적시운이 시우보를 펼쳤다. 지상으로 이어
지는 어두운 공간을 적시운의 신형이 섬전처럼 가로질렀다.

팟!

바깥엔 황혼이 내려앉고 있었다.

대규모의 병력 같은 것은 보이지 않았다. 하기야 당연하다
면 당연한 일이었다.

병원에서 여기까지 오는 데엔 10분도 채 걸리지 않았다.
수비대 측이 병력을 이동시킬 여유는 없었으리라.

더군다나 저들은 지휘관까지 잃은 상태. 윤필중이 사라진
이상 지휘 체계가 제대로 작동할 리 없었다. 도심에 배치된
병력은 이러지도 저러지도 못하고 있을 터였다.

"……."

도시 전체가 난장판이 되어버렸다. 이제는 돌이킬 수 없게
됐다. 선전포고까지 한 이상은 어느 한쪽이 백기를 들 때까

지 가 보는 수밖에 없었다.

그리고 적시운은 백기를 들 생각이 전혀 없었다. 아마도 그것은 저쪽 또한 마찬가지일 터였다.

"전쟁이라는 건가."

나직이 중얼거리는 적시운의 머리 위로 거대한 그림자가 드리워졌다.

쿠구구구.

공터를 뒤흔드는 요란스러운 엔진 소리.

과천 특구의 이름이 박힌 대형 비행선이 적시운 일행을 공수하러 날아든 것이었다.

대형 비행선이 허공에 정지한 가운데, 소형 비행정이 사출되어선 땅에 착륙했다.

"적시운 선배님이시죠? 모셔가기 위해 왔습니다."

20대 언저리의 청년이었다. 대강 살펴보니 이능력자라는 게 느껴졌다.

"너도 특무요원이냐?"

"네, 백현준이라고 합니다. 김무원 부장님의 명령을 받아 과천 쪽에 나가 있었죠. 그간 수린 누님의 관찰 및 경호를 맡아왔습니다."

"우리 누나?"

"그렇습니다."

적시운이 고개를 끄덕였다.

그사이 뒤따라온 헨리에타 일행이 게이트 바깥으로 나왔다. 차수정과 남성 요원이 눈빛을 교환했다. 보아하니 안면이 있는 사이인 모양.

적시운이 다시 입을 열었다.

"과천 쪽에도 여기 일이 알려진 모양이지?"

"예, 신서울의 상황이야 언제나 예의주시하고 있으니까요."

"내가 무슨 일을 벌였는지도 안다는 뜻이군."

"예, 물론 그에 앞서 벌이신 일 또한 파악해 놓았습니다."

"앞서 벌인 일?"

"추격자들을 처리하신 것 말입니다."

"아, 그래."

적시운은 비행선을 올려다봤다.

이제 와서 모셔간다는 건 결국 둘 중 하나였다.

'함정, 혹은 협력.'

어느 쪽이 되었든 적시운이 피할 일은 없었다. 어쨌든 적수린이 기다리고 있는 만큼 과천으로는 돌아가야 했고.

"응해주지."

적시운과 일행이 비행정에 올라섰다.

[6시간 전. 신서울 지하 도시가 일련의 무리에 의해 공습당함. 그 과정에서 특임 장관인 윤필중이 피살당함. 테러의 수괴는 적시운. 남성. 37세. 전 특무부 소속 2급 사이킥.]

한쪽 벽의 절반을 차지하는 초대형 모니터. 한문으로 이루어진 일련의 메시지가 표시되고 있었다.

[특이사항으로, 수괴는 본 정부의 시간 역행 계획 참가자였음.]

어두운 방 안이 웅성거리기 시작했다. 몇 명 되지 않는 참석자들의 표정에 갖가지 감정이 떠올랐다.

"시간 역행 계획이라면……."

"과거 우리 정부가 주도했던 작전이로군."

무거운 침묵이 공기를 짓눌렀다.

상석에 앉아 있던 중년 사내가 운을 뗐다.

"해당 계획의 지원자 중 생존자가 있었나?"

"지금까지 확인된 바로는 전무합니다. 아니, 이젠 저자가 있으니 유일하다고 해야겠군요."

"놈이 작전에 참가한 것은 확실한가?"

"예, 1차 작전에 투입됐었고 당시의 영상 또한 보유 중입니다."

"······놈의 사진은?"

모니터에 적시운의 프로필이 나타났다. 김무원이 록을 걸어놓았던 상세 사항까지 모조리.

한국 정부의 데이터베이스를 실시간으로 해킹 중이기에 가능한 일.

다른 곳에서라면 꿈도 못 꿀 일이나 이곳에서라면 그리 어렵지도 않았다.

이곳은 신북경 지하 도시. 세계의 수도였기에.

2

"작전의 시기를 생각한다면 저건 10년 전 사진이겠군."

"특이한 점이 그것입니다."

모니터에 새로운 사진이 떠올랐다.

낮은 해상도의 CCTV 화면.

이내 보정이 들어가며 화면이 선명해졌다.

"수 시간 전에 화면에 잡힌 수괴의 얼굴입니다. 화면 상태를 감안하긴 해야겠으나 10년 전과 거의 차이가 없는 것으로 보입니다."

"흐음."

"물론 정지 화면만으로 단정을 짓기는 어렵고 실제로 10년 동안 외관이 거의 변하지 않는 경우도 없지는 않습니다만……."

"흘흘, 지금 중요한 것은 그게 아닐세."

또 다른 목소리가 끼어들었다. 마치 곰팡이가 낀 것만 같은 탁한 음성이었다.

"녹화된 화면을 보여주게나."

"아, 예."

동영상이 재생됐다. 적시운과 요원들이 전투를 벌이는 짤막한 영상이었다.

"허어……!"

"이것은, 설마?"

지켜보는 이들의 눈에 이채가 어렸다. 윗자리에 앉아 있던 탁한 음성의 노인이 끌끌 웃었다.

"무(武)의 정수를 보존하고 이어온 것은 비단 우리들뿐만이 아니었던 모양이야."

"그런…… 하지만 말이 안 되지 않습니까? 동이를 비롯한 이민족의 무예는 이미 오래전에 맥이 끊겼을 텐데요."

"그랬지. 우리의 물밑 작업과 저 왜놈들의 수작 덕분에 말이야. 하지만 그게 완벽했다고 확신하기는 어렵네."

"노사께서 뭔가 짐작 가시는 바는 없는지요?"

"흠, 다시 봐야 알 것 같구먼."

상석의 중년인이 눈짓을 했다. 이윽고 자료 화면이 연속으로 반복 재생됐다.

노인의 회색 눈동자가 화면에 고정됐다. 그의 반응을 살피는 이들의 시선 또한 자연히 뒤를 따랐다.

"흐음……."

미묘한 침음.

좌중의 신경이 집중된 가운데 노인은 말없이 수염을 쓸어내릴 따름이었다.

"짐작 가는 바가 있습니까?"

더 참지 못한 중년인의 질문.

노인의 입이 느릿하게 열렸다.

"우리 맹(盟)의 무공이 아닐세. 하지만 보법의 형태와 타격 시의 자세로 봐선 옛 중화에 뿌리를 둔 무예라는 것만은 분명해 보이는군. 하지만 어딘지 모르게…… 반골의 느낌이 강하네."

"내공 수위는 어때 보이십니까?"

"이것만 봐서는 짐작할 길이 없네. 권의 여파를 통해 추측할 수야 있겠지만 저것이 놈의 전심전력은 아닐 터."

"그렇다면……."

"이것만은 확실해 보이는군."

자리에서 일어서는 노인의 눈빛은 착 가라앉아 있었다.

"놈의 존재 자체가 위험하다는 것 말이네. 우리에게 있어서나, 자네들에게 있어서나."

"……."

"먼저 가 보겠네. 이것저것 확인해 볼 것이 있어서. 그럼 얘기들 계속 나누시게."

말을 마친 노인이 몸을 돌려 방을 나섰다.

활짝 열린 문을 통해 노인의 도포 자락이 비쳤다.

선명히 수놓아진 두 글자.

천무(天武).

문이 닫히며 어둠이 찾아왔다.

중년인의 좌우로 착석해 있던 이들이 뒤늦은 불만을 토했다.

"볼 때마다 느끼는 거지만 지나치게 안하무인이로군요."

"주석의 질문은 두루뭉술하게 넘어가고 자기 볼 것만 보고 할 말만 내뱉고서 가버리다니요."

"뭔가 경고라도 해야 하지 않겠습니까?"

침묵하던 중년인의 입가에 냉소가 맺혔다.

"그럼 자네들이 할 텐가?"

묵직한 고요가 찾아왔다. 목에 핏대까지 세울 것 같던 이들이 누가 그랬냐는 듯 입을 다문 상황. 희극적이다 못해 비극적일 지경이었다.

"눈알 굴리는 소리까지 들릴 것만 같군."

"……."

"저들 천무맹과 우리 당은 떼려야 뗄 수 없는 사이다. 당장 나부터가 저들 없이는 주석의 자리에 오르지 못했을 터."

차분하던 음성에 노기가 어렸다.

"저들에겐 당 주석의 상좌를 차지할 자격과 힘이 있다. 그것 무엇보다도 자네들의 침묵이 증명하지 않나?"

"무, 물론입니다."

"주석의 말씀이 옳습니다."

중년 사내는 내심 분노했다. 은근히 돌려 말했다지만 본인들을 욕하는 소리이거늘, 그것조차 이해하지 못하는 지성이라니.

"더 말해봐야 무의미하겠군. 이 얘기는 그만하지."

"……."

"그래서 한국 정부의 반응은 어떻지?"

"전면전쟁을 통한 척살로 가닥을 잡고서 우리 당의 승인을 기다리고 있습니다."

현 중화인민공화국의 유일 정당. 신중화당의 주석 심인평은 실소를 머금었다.

"형으로서 아우의 곤란을 그냥 볼 수야 없지. 허락한다고 한국 정부 측에 전하게. 도움이 필요하다면 언제든 부탁하라는 말도."

벌컥!

"얘기 좀 나누죠."

방 안으로 들이닥친 적시운이 꺼낸 첫마디였다.

처처처척!

말이 끝나게 무섭게 십여 자루의 총구가 적시운을 겨냥했다.

이곳은 과천 지상 특구. 행정 구역 내의 회의실이었다. 이곳에 김무원이 있다는 말을 듣자마자 거침없이 찾아온 직후였다.

헐레벌떡 뒤따라온 차수정과 백현준이 움찔하여 멈춰섰다.

자칫 누가 방아쇠를 당겨도 이상하지 않을 상황.

그 와중에도 적시운의 음성은 차분했다.

"몇 가지만 좀 묻겠습니다. 부장님은 물론이고 다른 분들도 성심성의껏 대답해 주시리라 믿습니다."

피아노 줄처럼 팽팽한 침묵.

김무원의 옆에 있던 중년인이 나직이 입을 열었다.

"만약 싫다면?"

타다다닥!

거짓말처럼 분해된 총기 부품들이 땅에 떨어졌다.

"……!"

졸지에 무기를 잃은 경호원들이 이능력을 발휘하려 하자 차수정이 앞으로 나섰다.

"하지 마, 죽기 싫으면."

스산하게 경고한 그녀가 백현준에게도 시선을 보냈다.

"너도 가만히 있어."

"옙."

백현준이 두 손을 들어 올리며 대꾸했다.

김무원이 주변 사람들에게 눈짓을 했다. 여기는 맡겨달라는 의미.

다른 이들이 동의함으로써 일촉즉발의 분위기는 대강 진정됐다.

"이분들이 현재 과천 특구를 맡고 계신 분들일세."

김무원이 소개하고자 손을 뻗었지만 적시운은 고개를 저었다.

"나머지는 됐습니다. 진짜 대가리가 누굽니까?"

김무원의 표정이 딱딱하게 굳었다. '나머지' 또한 마찬가지.

그러나 적시운은 신경조차 쓰지 않은 채 대답을 기다렸다.

"내가 대가리입니다. 그렇지요, 김 부장님?"

예상외로 젊은 목소리. 구석진 자리에 앉아 있던 사내였다. 외관을 보건대 30대 중후반으로 보이는, 정치인치고는 비교적 젊은 인물이었다.

적시운이 시선을 보내니 김무원이 고개를 끄덕였다.

"이름이?"

"권창수. 일단은 과천 시장 대행입니다."

"셋이서만 얘기를 좀 나누고 싶습니다만."

"그럽시다. 저도 그게 편하니."

권창수가 손뼉을 치자 경호원들이 바깥으로 향했다. 나머지 사람들도 내키지 않아 하면서도 명령을 따랐다.

"너희도 나가 있어. 그리고 차수정."

"네, 선배님?"

나가려던 차수정이 고개를 돌렸다.

"내 일행한테 번역용 아티팩트 좀 가져다줘."

"알겠어요. 그다음에는요?"

"입원실 찾아가서 좀 누워 있어. 조만간 네 몸에 넣어둔 기운이 고갈될 거다."

그러고 보면 그녀 또한 중상을 입은 환자였다. 적시운이 격체전공을 통해 활기를 불어넣어 준 덕에 움직일 수 있었을 뿐, 원래대로면 지금쯤 드러누워 있어야 정상이었다.

"그럴게요."

방을 나가려던 차수정이 적시운을 향해 고개를 꾸벅 숙였다.

"고마워요, 선배님. 수혁이 일도, 저를 구해주신 것도……
정말 고마워요."

재차 고개를 숙인 그녀가 방을 나섰다. 그 모습을 지켜보
던 권창수가 빙긋 웃었다.

"미녀들에게 사랑받는 타입이신가 봅니다. 다른 일행분들
도 상당하시던데."

"어쩌다 보니."

"잡담을 그리 좋아하시지 않나 보군요. 그럼 본론으로 바
로 넘어가죠. 묻고 싶은 게 있다고 하셨지요?"

고개를 끄덕인 적시운이 김무원을 돌아봤다.

"뭐가 어디서부터 잘못된 겁니까?"

단순히 세월의 변화만으로 치부하기엔 찜찜한 부분이 너
무나 많았다. 당장 이곳, 과천 지상 특구부터가 그랬다.

"적시운 요원이 떠난 뒤로 많은 게 변했지요."

권창수가 차분한 어조로 말했다.

"김무원 부장님이 권력 암투에 의해 축출당한 것은 그 빙
산의 일각에 지나지 않습니다."

"상황 요약부터 해주시죠."

"그러죠. 간략히 말해…… 현재의 대한민국은 600년 전으로 퇴보했습니다. 사대주의를 표방하던 그때로 말이죠."

"중국을 얘기하는 겁니까?"

"그렇습니다."

어느 날 갑자기 펼쳐진 마수들의 침공. 그로 인해 미국은 초토화되었고 일본은 나라의 절반이 침몰했다.

유럽은 분열됐고 러시아는 숨을 죽였다.

전 지구가 휘청거리는 상황 속에서 그나마 중국만이 본전을 챙길 수 있었고 자연히 미국 멸망 후의 세계 질서를 주도하게 되었다.

그것이 이미 10년 전의 일. 적시운이 시간을 역행하기 전에도 이미 중국은 막강했다.

'하지만 지금과는 달랐다.'

한국은 그 누구에게도 굴종하지 않았다. 스스로를 지킬 만큼의 힘이 있었고 누구 앞에서도 목소리를 높일 만한 배짱이 있었다.

중국이라 해도 감히 넘보지 못할 저력을 지닌 나라.

그게 적시운이 기억하는 대한민국이었다.

'그래 봐야 먹고 살기 힘든 건 매한가지였지만.'

"시작은 대통령의 죽음이었습니다. 원인 불명의 병환으로 인한 사망이라지만 사실은 암살당한 것이었죠. 중국 측 암살자에 의해서 말입니다."

"……."

"그들과 내통한 무리가 있었습니다. 현 정권의 실세들. 내각을 구성하는 장관들이죠. 적시운 요원이 사살한 윤필중 또한 그중 한 사람이었습니다."

"그러니까 결국, 그들이 권력을 잡고자 나라를 팔아먹었다는 겁니까."

"그렇다고 봐도 무방할 겁니다. 현 내각은 일거수일투족을 신중화당과 협의하여 처리하고 있으니까요."

"신중화당?"

"현 중국을 지배하는 정당입니다. 사실 정당이라기보다는 귀족 패거리에 가깝긴 합니다만."

적시운은 자기도 모르게 실소를 머금었다.

중세시대로 되돌아간 북미 제국의 정치 체계를 비웃은 게 엊그제 일인데 대해 건너 이곳에서도 비슷한 일이 벌어지고 있었다.

"단순히 태천그룹과의 충돌 때문에 축출당한 게 아니었던 모양이군요."

적시운의 말에 김무원이 쓴웃음을 지었다.

"직접적인 원인은 그것이었지. 하지만 그와 별개로 태천그룹은 내각과 밀월 관계에 있네. 그 일이 아니었어도 나는 축출당할 운명이었어."

"모든 도시가 그들의 지배를 받고 있습니까?"

"그렇지는 않네. 당장 이곳 과천 특구만 해도 독립적으로 운영되고 있지. 물론 신서울의 눈치를 보지 않을 수는 없네만."

"다른 곳들은 어떻습니까?"

"부산, 목포, 울산…… 주로 남부 쪽의 도시가 내각과 마찰을 빚고 있네. 제주도는 아예 자치국을 선포한 상태지."

"주변국들 상황은 어떻습니까?"

"필리핀과 인도네시아가 주축이 되어 중국과 충돌 중이네. 사실상 국경을 접하고 있는 모든 국가가 적이라 해도 과언이 아닐걸세."

적시운은 헛웃음을 머금었다.

"마수들이 호시탐탐 노리는 판국에 자기들끼리 싸우고 있다는 거군요."

"사실 마수들의 준동이 줄어든 것이 가장 큰 원인이라 할 수 있네. 외부의 적이 없다 보니 내분을 일으키는 것이지."

"외부의 적은 사탕 빨면서 그걸 지켜보고 말이죠?"

"부정하지 못하겠군."

마수와의 전쟁은 끝나지 않았다. 그저 잠시 소강상태에 들어갔을 뿐. 한데도 인간들은 전쟁이 끝나기라도 한 것처럼 내분을 이어가고 있었다.

"그 분란을 끝맺어야 합니다. 강력한 힘으로 이를 종식시킬 사람이 필요합니다."

적시운은 권창수에게로 시선을 옮겼다. 권창수는 시선을 고정한 채 말을 이었다.

"나는 그게 당신이라고 생각합니다, 적시운 요원."


3


적시운은 피식 웃었다. 그 웃음에 냉소가 섞여 있다는 것쯤은 누가 봐도 알 수 있는 일이었다.

'어떻게 생각해?'

[뭘 말인가?]

'저 얘기 말이야.'

[잘됐구먼.]

천마가 나직이 속삭였다.

[이렇게 된 거, 여기 세력을 흡수해서 이 나라 전체를 먹어버리세. 그다음엔 중원까지 북진하여 천마신교의 깃발을 드높이는 걸세!]

'진심으로 그렇게 생각해?'

[그럴 리가 있나? 반편이가 아니고서야.]

천마가 냉소를 머금었다.

[저리 대놓고 멍석 깔아주겠다는 놈들이야말로 뒤가 구린 법이지. 그게 아니면 대책 없이 순진하거나.]

'동감이야.'

적시운의 시선이 권창수에게로 향했다.

"그렇게 말하면 내가 좋다고 받아들일 거라 생각했나?"

"……!"

권창수의 몸이 크게 움찔했다. 김무원은 그럴 줄 알았다는 듯 침중한 표정을 지었다.

"나를 앞세워서 한바탕 해보겠다, 뭐 그런 생각인 것 같은데. 미안하지만 나는 거기에 장단 맞춰줄 생각이 없어."

"……우리의 협력 없이 정부군을 상대해 낼 순 없을 텐데요?"

"그렇다면 거꾸로 묻지. 과천 특구가 보유한 전력은 어떻게 되지? 신서울 쪽 병력을 상대로 하루라도 버틸 수 있나?"

"그건…….."

권창수의 말문이 막혔다. 단순히 군사 기밀이기 때문만은 아니었다. 진짜 이유는 적시운이 정곡을 찔렀다는 사실. 그것이었다.

"부장님이 말했었죠."

적시운의 시선이 김무원에게로 향했다.

"이곳 또한 대한민국 정부의 지배를 받는 곳이라고요. 지배층 또한 내각의 눈치를 볼 수밖에 없다고요."

"그랬지."

"그런데 이렇게 손바닥 뒤집듯 생각을 바꿨다는 건 이유가 있다는 뜻이죠."

적시운은 다시 권창수를 돌아봤다. 날카로운 시선에 권창수는 눈을 내리깔았다.

"고작 한 사람에게 의지해야 할 만큼 위태로운 입장이라는 것. 조만간 내각 측에 의해 축출당하거나……."

"제거될지도 모른다는 것. 자네가 생각한 바가 맞네."

김무원이 담담히 말했다.

"이미 우리는 그들의 눈 밖에 났네. 과천 특구는 신도시를 표방하고 있지만 근본적으로는 귀양지나 다름없네."

마수들의 움직임이 눈에 띄게 줄었다지만 그래도 지상은 여전히 위험한 공간이었다. 그런데도 지상 도시를 건설했다는 건 이유가 있다는 뜻. 언제든 처리하는 게 가능한 장소를 만들어 뒀다고 보는 게 옳았다.

"권창수 의원이 거창하게 말하긴 했네만, 솔직히 우리 입장은 위태롭네."

"당신의 도움이 필요합니다, 적시운 요원."

권창수가 한결 겸손해진 태도로 말했다.

"그렇다고 제가 했던 말들이 입에 발린 거짓말이라고는 생각하지 말아주십시오. 저는 진심으로 당신이 구심점이 되어야 한다고 믿고 있습니다."

"귀찮은 일을 모두 떠맡길 호구가 생겼다고 생각하는 건 아니고?"

"그럴 리가! 하늘에 맹세코 추호도 그런 생각은 하지 않았습니다."

"하늘에 맹세하지 마."

적시운은 권창수 앞으로 얼굴을 들이밀었다.

"내게 맹세해."

"……!"

"당신들이 부탁하지 않더라도 나는 내각 의원들을 부숴 버릴 거다. 이건 대한민국을 위해서도 아니고 세상 사람들을 위해서도 아냐. 가족들과 나 자신을 위해서다."

"……."

"거기에 숟가락을 얹는 거라면 말리지 않지. 방해만 되지 않는다면 상관없으니까. 하지만 미리 경고하는데, 나를 너희 멋대로 휘두를 생각은 하지 마."

"우린 그럴 생각은 조금도……."

"단순히 부려먹는다고 해서 휘두르는 건 아니지. 구심점이니 뭐니 사탕발림을 지껄이면서 내가 원하지도 않는 자리에 앉힐 생각을 말라는 거다."

"……."

"남들이 나를 부려먹으려 드는 것도 싫지만 멋대로 숭상하려 드는 꼴도 봐주고 싶진 않거든. 무슨 말인지 이해했나?"

권창수가 고개를 끄덕였다. 평정을 가장하고 있었지만 낯빛이 파리해진 것만은 숨기질 못했다.

[저 아해는 순진한 쪽이었구먼.]

천마가 입맛을 다셨다.

[어쨌든 말 잘했네. 자네를 지배하려 드는 것들도 문제지만 거꾸로 숭상하려 드는 것들도 문제지. 자기네가 멋대로 떠받들 땐 언제고 나중에 가서는 갑 놔라 배 놔라 하게 마련이거든.]

'당신도 꽤나 시달렸었던 모양이네.'

[그랬지. 하지만 본좌는 감당할 수 있었네. 그렇기에 만고의 지존인 천마인 것이고.]

적시운은 픽 웃었다.

'난 못해.'

[이해하네. 당장은 그럴 테지. 그래서 본좌도 뭐라 하지 않는 것 아닌가?]

'아마 앞으로도 못할 거야.'

천마는 푸근한 미소를 지었다. 제자를 바라보는 스승의 미소이자 자식을 바라보는 부모의 미소였다. 그리고 무엇보다도 모든 걸 꿰뚫어 보는 모사꾼의 미소였다.

[그건 앞으로 두고 볼 일이지.]

적시운과 김무원, 권창수는 1시간 가까이 대화를 더 나눴다. 이를 통해 몇 가지 사항을 확립했다.

"적시운 님의 세력과 우리 과천 특구는 동맹으로서 상호 간에 적극 협력을 할 것입니다. 동의하십니까?"

적시운은 고개를 끄덕였다.

일단은 공동의 적을 둔 입장. 서로가 협력해서 나쁠 것은 없었다. 앞서 한 경고는 그저 선을 확실히 그어두기 위해서였을 뿐.

"신서울 측이 당장 움직이진 않을 겁니다."

권창수가 설명을 이어갔다.

"공식적으로 과천 특구는 두 분과 아무 관계도 없으니 말입니다."

"눈 가리고 아옹 아닌가?

"예, 하지만 물증이 없는 이상 정부 측에서 대놓고 밀고 들어오진 못할 겁니다."

"날 데려가려고 비행선까지 보냈었잖아."

"정찰용 비행선의 AI 경로 설정 문제로 잠시 신서울 상공을 헤맸다. 정부 측엔 그렇게 설명했습니다."

"그게 통한다고?"

"설마요. 저들도 알 건 다 알고 있을 겁니다. 그럼에도 물증이 확고해지기 전엔 전면적인 군사행동에 나설 수 없습니다. 그럴 만한 명분이 없으니까요."

적시운은 가만히 팔짱을 꼈다.

"그 말은 꼭, 전면 행동이 아니라면 얼마든지 벌일 수 있다는 투로 들리는데."

"정확합니다."

권창수가 김무원에게 눈짓했다.

헛기침을 한 김무원이 말을 받았다.

"대통령이 암살당했다던 얘기, 기억하겠지?"

"예, 표면적으로는 사고사로 위장되었다고 하셨었죠."

"당시 대통령은 이중, 삼중의 보호를 받고 있었네. 그것을 꿰뚫고 암살을 성공한 자들은 중국 정부가 파견한 자객이었네."

"그렇게 확신하는 이유라도 있습니까?"

"신북경에 심어두었던 우리 측 스파이가 기밀문서 하나를 입수했네. 중화당의 배후에 있는 특수한 조직에 대한 내용이었지."

"특수한 조직?"

"이능력 이외의 힘을 지닌…… 고대로부터 이어져 온 세력입니다."

"고대의 세력?"

"스스로를 천무맹이라 지칭하는 이들입니다."

두근.

적시운의 몸속에서 기묘한 박동이 꿈틀댔다. 그리움과 분노, 적의와 호승심이 뒤섞인 감정.

적시운의 것이 아니었다.

[감히.]

짤막한 한마디에 헤아릴 수 없는 감정이 담겨 있었다.

[감히 천무를 참칭하는 자가 있단 말인가?]

휘몰아치는 감정의 격류. 한 발짝 떨어져 있는 적시운조차 휩쓸릴 것만 같았다.

오랜 기억이 새삼스레 의식의 수면 위로 떠올랐다.


"천무의 맥을 이어달라는 것이다."


죽음을 앞둔 천마가 적시운에게 건넨 한마디.

그날을 기점으로 적시운의 운명이 태풍 한가운데에 자리잡게 되었다.

세상이 일컫기로는 천마신공.

천마 본인은 이따금 그것을 천무라고 칭하기도 했다. 그 단어에 상당한 애착이 있음을 짐작하는 건 어렵지 않았다.

그리고 지금, 그 이름을 자칭하는 집단이 나타났다. 천마의 심경이 요동치는 것도 이해 못 할 바는 아니었다.

"그들에 대해선 얼마나 알고 있습니까?"

"많지는 않네. 분명한 건 이능력과는 궤를 달리하는 능력이란 것이지."

김무원의 목소리는 더없이 진지했다.

"자네를 보고 놀랐던 데엔 그런 연유도 있었네. 어쩌면 자네 또한……."

"그들과 같은 힘을 손에 넣었을 거라고요?"

"그렇다네."

김무원과 권창수의 얼굴엔 기대감과 불안감이 공존하고 있었다.

"솔직히 말씀드리자면, 우리는 적시운 요원 또한 천무맹의 일원이 아닌지 걱정했습니다."

"지금은 아니라는 건가?"

"적시운 요원의 대답 여하에 따라 달라지겠죠."

적시운은 실소를 머금었다.

"일단 나는 더 이상 요원이 아냐. 또한 그들과 한패도 아니지. 나는……."

[진정한 천무의 계승자. 마교의 유일존인 천마의 후계자! 그렇게 말하네나.]

"……나는 그저 적시운일 뿐. 그 누구도 따르지 않고 누구의 명령도 듣지 않아."

[하여간 고집하고는.]

나직이 투덜거리는 천마. 그래도 기분이 썩 나쁜 것 같지는 않았다.

"어쨌든 그 말대로면 아직은 시간적 여유가 있다는 거군."

"글쎄요. 만약 중화당 측에서 천무맹의 무리를 파견한다면……."

"내가 처리하지. 차라리 잘됐어. 보아하니 어떻게든 부딪칠 수밖에 없는 입장 같으니."

"괜찮겠습니까?"

불안감이 섞인 권창수의 질문.

"괜찮은지 아닌지는."

적시운은 담담히 대꾸했다.

"조만간 알 수 있을 거야."

방을 나온 적시운은 말없이 걸었다. 머릿속에선 천마가 자신의 추리를 늘어놓고 있었다.

[본좌의 생각이 맞다면 놈들은 백도무림의 후예가 분명하네. 중화당이니 뭐니 하는 빌어먹을 명칭만 봐도 알 수 있네.]

'현대사회에 이르기까지 무림이 살아남았다는 거야?'

[불가능할 것은 없지. 그놈들이 얼마나 교활한지 자네는 알지 못하네.]

그랬던가?

생각해 보면 적시운은 백도무림에 대해 거의 아는 바가 없었다.

우연히 도착한 곳이 소림이었고 어떻게든 돌아가기 위해 그들과 거래를 했다. 그리고 혈투 끝에 천마를 쓰러뜨렸다.

그것이 끝.

그들과 깊은 교류를 나누지도 않았으며 그런 만큼 자세한 사정을 알지도 못했다. 그저 천마라는 악존(惡尊)을 죽여야겠구나 생각했을 뿐.

'생각해 보면 미심쩍은 부분이 한둘이 아니었어.'

과거로 돌아가 하필 도착한 장소가 그 시기의 소림이라니. 상황이 절묘해도 너무나 절묘했다.

[자네는 그저 소림의 땡추 놈들이 지껄이는 사탕발림에 넘어갔을 뿐이지. 그놈들이 자기네가 절대열세라고 징징대지 않았나? 본좌로 인해 죄다 죽어 넘어가기 직전이라고 엄살을 떨지 않

왔나?]

'그랬…… 었지.'

[그러고도 본좌를 기습하고자 기백 명의 무인을 동원했지. 그에 맞선 본좌의 호위는 몇이었지?]

'열 명이 채 되지 않았지.'

[과연 절대열세인 쪽이 어디였을 거라고 생각하나?]

'……'

[본좌는 억울함을 토로하려는 게 아닐세. 그저 놈들이 얼마나 교활하고 음흉한지 알려주려는 것뿐.]

천마는 비소를 머금은 채 말을 이었다.

[기억하게. 의와 협을 부르짖는 이들은 두 가지 부류네. 간교한 알맹이를 지닌 위선자거나, 대책 없이 순해 빠진 얼치기거나.]

'……'

[단언컨대 놈들은 전자일세.]

천마는 진중한 음성으로 말했다.

[백도 놈들과 본교 간의 싸움은 단순한 선악의 대결이 아니었네. 그것은 한족과 소수민족의 대립, 중화의 기치를 내건 다수와 그에 맞서는 소수 간의 싸움이었네.]

'누가 옳고 그르다고 할 수 있는 게 아니라는 말이군.'

[그래.]

천마가 쓴웃음을 머금었다.

[보아하니 그 싸움은 아직 끝나지 않은 모양일세.]

4

"소감이 어떻소?"

김무원의 질문.

멍하니 있던 권창수가 뒤늦게 움찔했다.

"죄송합니다. 뭐라고 말씀하셨습니까?"

"적시운 저 친구, 어떻게 생각하느냐고 물었소."

"적시운 요원 말씀이군요."

권창수가 쓴웃음을 지었다.

"잘 벼려진 칼날 같은 느낌이었습니다."

"자칫하면 본인이 베일지도 모르겠다, 그렇게 생각하셨나 보군."

"이런 형태의 경고를 받아본 적은 처음이라서요."

"그 점은 10년 전과 변한 게 없더군."

"원래는 특무부 소속 2급 사이킥이라고 들었습니다만."

김무원이 가만히 고개를 끄덕였다.

"2급 사이킥은 원체 입지가 애매한 자리요. 이능력 등급부터가 B랭크에서 C랭크 사이인지라 중용되지도 않소. A랭크라면 모를까, B나 C랭크는 잃더라도 그리 아까운 수준은 아니거든."

"그렇지요."

"그런 만큼 작전에 투입되더라도 궂은 역할을 도맡게 마련이오. 애지중지 취급되는 1급과는 다르단 말이지. 더군다나 시운이 녀석이 한창 활동하던 시기는 마수들의 준동 또한 최고조에 달한 때였소."

김무원이 담배를 꺼내 들었다. 그러나 불을 붙이진 않은 채 한동안 손가락 사이로 굴리기만 했다.

"녀석은 그 수라장에서 5년 이상을 살아남았소."

"……."

"녀석과 동기인 1급 사이킥은 제법 되지만 2급은 아무도 남지 않았지. 10년 전 그 시점에 이미 말이오."

"그랬군요."

"그 이후로 10년을 더 살아남았지. 정확히 어떤 경험을 한 건지는 몰라도 그 이전의 5년보다 편했을 것 같지는 않군."

상상도 못 할 수라장을 뚫고 돌아온 사내.

적시운은 도저히 돌아올 수 없는 작전으로부터 생환한 것이었다.

감히 측량하기 힘들 정도의 분노를 머금은 채.

"무려 10년이오. 그동안 무슨 일을 겪었을지는 짐작조차 가지 않지만 그 어떤 것으로도 그 아이가 잃어버린 10년의 세월을 보상할 수는 없을 거란 생각이 드는군."

"……."

"부디 그 분노가 우리에게 향하지 않기를 바라야지."

고개를 끄덕인 권창수가 화제를 돌렸다.

"그러고 보니 그 타임 슬립 계획 말입니다."

"음."

"중국이 주도했던 작전인 만큼 그들이 적시운 요원에게 관심을 가지게 될 가능성이 높지 않겠습니까?"

"이미 가지고 있을 것이오. 적시운에 대한 상세 정보를 입수했을 테니."

"벌써 말입니까? 하지만 어떻게……?"

김무원은 쓴웃음으로 대답을 대신했다. 그 의미를 알아챈 권창수의 표정이 어두워졌다.

"우리나라는 제 생각보다도 심각하게 잠식당해 있는 모양이군요."

"깨어 있는 자가 적지 않다는 게 그나마 다행일 것이오. 권 시장만 해도 그렇고."

"아직은 시장 대행입니다. 그리고 저야 부모님의 뜻을 따랐을 뿐이지요."

태천그룹과 자웅을 겨루는 또 하나의 대기업, KP그룹.

과천 지상 특구의 토대는 KP그룹이 지닌 막대한 자금력이었다.

KP그룹 측의 대대적인 지원 없이는 도시는 물론이요, 김무원 또한 목숨 성히 남아 있지 못했을 것이다.

회장의 장자인 권창수는 그룹 내 서열 3위였다. 사실상의 계승권자라고 봐도 좋았다.

'이쯤 되는 인물이 무조건적인 휴머니스트일 리는 없지만…….'

김무원으로선 KP그룹과 권창수에게 의지할 수밖에 없는 상황이었다.

설령 그들의 의도에 권력에 대한 욕심이 있다고 해도 어느 정도는 이해할 수 있었다. 세상에 욕심 없는 사람은 없는 법이니.

"어쨌든 당분간은 정부 측 행동을 예의주시해야겠군요."

"방비 병력도 평소보다 늘리시는 게 좋을 것이오."

"물론입니다. 그동안 부장님께선 적시운 요원의 마음을 최대한 풀어주십시오."

김무원은 쓴웃음을 지었다.

"그건 내가 할 수 있는 일은 아닌 것 같소. 시운이의 가족들과…… 동료들의 몫이지."

신북경 지하 도시의 중추.

천장에까지 닿을 것 같은 마천루의 숲 한가운데에 벽돌로 이루어진 성벽이 존재했다.

그 내부에 있는 것은 고풍스러운 성채.

수백 년 전 섬서성에 존재했다는 고성의 형태를 고스란히 따왔다는 성곽은 전통적인 중국의 건축 양식을 따르고 있었다.

그 구석진 곳, 비단잉어가 노니는 연못 옆으로 자그만 암자가 있었다.

제천암(除天庵).

비스듬히 열려 있는 문 너머엔 노인이 앉아 있었다.

"으음."

노인의 침음은 깊고도 무거웠다. 가래 낀 음성이 흘러나올 때마다 기다란 흰 눈썹이 파르르 떨렸다.

"뭘 그리 끙끙거리고 있소? 궁상맞게."

암자를 흔들 것만 같은 음성이었다. 웅혼하다는 표현이 이 목소리를 위하여 존재하는 것만 같았다.

노인이 눈을 뜨고는 웃었다.

"오셨구려, 맹주."

"다른 사람도 아니고 노사가 부르는데 안 올 수가 있을까."

대호의 상을 지닌 사내였다.

2미터에 달하는 거구, 그럼에도 둔하다는 느낌이 들지 않는 탄탄한 체형. 전반적으로 덜하지도 더하지도 않은 이상적인 형태의 근골을 지니고 있었다.

나이는 많이 잡아봐야 30대 초중반. 그럼에도 상당한 연륜이 느껴지는 얼굴이었다.

노인은 흐뭇한 미소로 사내를 바라봤다.

자신이 손수 길러낸 맹 역사상 최강의 무인. 수제자이자 맹의 종주인 사내 앞에서 미소가 나오지 않을 수가 없었다.

"맹주께서도 아실 것입니다. 이 암자의 이름이 제천문인 이유를. 또한 우리가 천무맹이란 이름을 칭하는 연유 역시."

"다른 사람도 아니고 노사 본인이 설명해 주셨잖소."

"그랬지요."

노인의 입가에 쓸쓸한 미소가 맺혔다.

그들이 자리한 고성의 이름은 '제천성'. 암자와 같은 이름을 공유했다.

그리고 제천이라 함은 곧 하늘을 없앤다는 뜻. 천무를 자처하는 이들의 건물이라기엔 조금 찝찝한 이름이었다.

"그 연유는 간단하지요. 본디 천무를 칭했던 것이 우리의 선배들이 아니었기 때문입니다."

"오히려 그들이 두려워한 존재였다고 했었지. 그 천무라는 게."

"예, 그래서 그들은 천무와 관련된 모든 것을 멸하고자 했습니다. 그 집념은 이내 기묘하게 왜곡되어 자신들이야말로 진정한 천무라는 주장으로 변질되었지요."

"무림맹이란 본래 이름에서 말이지."

"예, 이제는 수백 년도 더 된 옛이야기이긴 합니다만."

"기억하는 이가 거의 없기도 하고."

노인은 고개를 끄덕였다. 아마 이것이야말로 선대들이 바란 결과였을 것이다.

역사란 본디 승자의 기록.

그렇기에 그들은 가장 효과적인 방법을 택했다. 자신들이 천무라는 이름을 가짐으로써 본래의 천무를 완전히 지워 버린 것이다.

"한데……."

노인의 얼굴이 돌연 일그러졌다.

"이 늙은이가 잘못 본 것일 수도 있겠습니다만, 하지만……."

"기탄없이 말씀하시오, 노사."

"어쩌면 천무의 맥을 잇는 자가 나타났는지도 모르겠습니다."

사내, 맹주의 표정이 딱딱하게 굳었다. 반면 두 눈동자는 기묘한 빛을 발하기 시작했다.

"천무의 맥이라면……."

짧은 침묵을 뒤로하고서 사내가 말했다.

"천마신공 말인가."

"그렇습니다."

퐁당.

비단잉어 한 마리가 수면 위로 뛰어올랐다.

사제지간이자 군신지간인 두 사람이 서로를 응시했다.

"재미있군."

맹주는 웃었다.

노인은 그 미소에서 진득한 호승심을 느꼈다. 평소라면 기뻐할 일이었지만 이번만큼은 불안감이 고개를 쳐든다는 것을 부정하기 어려웠다.

"확실히 천마신교는 본맹 최대의 적이었지 않던가?"

"예, 그랬지요. 무림맹 역서에 당시 기록이 상세히 남아 있습니다."

"읽어본 기억이 있소. 믿지는 않지만."

피식 웃는 맹주의 입가엔 비웃음이 뚜렷했다.

"태상노군의 명을 받아 내려온 천상의 존재의 도움을 받았다던가? 좀 적어두려면 말이 되는 개소리를 적어놔야지 말이야."

"정당성을 부여할 만한 그럴싸한 표현이 필요했겠지요. 단순히 대규모 병력의 협공으로 쓰러뜨렸다고 써놓으면 너무 없어 보이지 않겠습니까?"

"흥, 쪽팔릴 일이면 처음부터 하지를 말든가."

"선배들을 탓할 수만은 없을 것입니다. 당시의 맹은 그야 말로 절체절명, 멸망 직전까지 내몰린 상황이었으니까요."

"그것도 엄살 아니오? 천마신교니 뭐니 해봤자 기껏해야 소수민족의 파벌일 뿐인데."

중화를 수호하는 백도무림.

그 핵심이자 선봉이 바로 무림맹이었다.

그 반대, 한족의 핍박으로부터 살아남기 위해 사파와 마도의 멍에를 짊어지길 주저하지 않았던 이들이 있었다.

악착같이 강해져야만 했던 소수민족의 연합체.

세상은 그들을 천마신교라 불렀다.

"엄살로 치부하기 어려울 만큼 위험한 상황이었던 것은 분명합니다. 당대의 맹주인 백학검 남궁원마저도 천마의 손에 목숨을 잃었을 정도니까요."

"흥."

맹주는 가볍게 코웃음을 치며 시선을 돌렸다.

옛사람이라고는 하나 자신과 같은 맹주. 그런 이의 죽음이 거론되는데 기분이 마냥 좋을 리는 없었다.

그러리라는 것을 알면서도 노인, 무백노사는 그 얘기를 꺼냈다. 현 맹주이자 제자에게 경각심을 깨워주기 위함이었다.

"어쨌든…… 그 후예로 보이는 듯한 자가 나타났단 말이군."

"그렇습니다."

"장소는?"

"대한민국, 신서울입니다."

"조선반도에?"

"예."

"그쪽 동네의 고유 무술일 가능성도 있지 않소? 솔직히 노사도 천마신공에 대해 자세히는 모르잖소."

"그럴 가능성도 아주 없다고는 못하겠지요. 하지만 놈의 기수식과 권식은 우리 중화의 무예에 가까웠습니다."

"그렇다고 그걸 천무라고 단정 지을 수는 없을 텐데?"

"물론 그렇기는 합니다만……."

말끝을 흐린 무백노사가 이내 입을 열었다.

"늙은이의 주책일 수도 있겠지요. 하지만 그냥 간과할 순 없는 문제입니다. 어찌 됐든 세상이 뒤집힌 이래 처음 벌어진 사태이니까요."

"우리 맹 이외의 무인이 나타난 것 말이군."

"조선반도는 물론이고 일본열도의 무예 또한 씨가 말랐습니다. 지하로 숨어든 계승자들이 극소수 존재할 수야 있겠습니다만 자기들 살아남는 데에도 급급할 것입니다."

"그럴 테지. 진정한 무예의 맥은 오로지 우리만이 보존하였으니."

세상을 움직여 온 권좌의 이면에는 언제나 진정한 실세가 존재했다. 이른바 킹메이커라 불리는 자들.

이들 천무맹 또한 그러했다. 권력의 중추인 중화당과 손을 잡아 서로를 세상의 중심으로 이끌어주었다. 그 결과 중화당은 세계 최강국의 지배자가 됐고 천무맹은 그 과실을 모조리 차지하게 됐다.

"어쨌든 예의주시할 필요는 있겠군. 심인평 주석의 반응은 어떠했소?"

"일단은 한국 내부의 문제인지라 그쪽에서 해결하길 바라는 눈치였습니다."

"신중하게 움직이자는 건가?"

"그럴 겁니다. 우리가 그쪽 대통령을 제거한 지도 몇 년 지나지 않았으니까요."

"혹은 우리와 거리를 두려는 건지도 모르겠군."

무백노사의 두 눈이 번뜩였다.

"감히 그러기야 하겠습니까? 놈들이 대관절 누구 덕에 그 자리를 차지했는데 염치가 있다면 그럴 수야 없지요!"

"그러니까 더더욱 우리를 두려워하는 걸지도 모르지. 우리의 힘을 누구보다도 잘 알 테니까."

천무맹주 백진율은 담담히 웃었다.

"뭐, 그래 봐야 내 손바닥 안이지만 말이야."

제30장
22세기 천마신교

1

과천 특구 내 종합병원.

적세연과 차수정에겐 일반 병실이, 차수혁에겐 집중 치료실이 제공됐다. 그나마 상태가 양호한 두 사람과 달리 차수혁은 현재도 병환이 진행 중이었던 까닭이다.

"엄마!"

복도를 달려온 적수린이 임하영을 부둥켜안았다. 백현준의 안내를 받아 조금 전 병원에 도착한 그녀였다.

"괜찮으신 거죠? 시운이 얘기 듣고 걱정 많이 했어요."

"시운이가 이미 만났다고 하던데 정말이었나 보구나."

"네."

모녀가 도란도란 소회를 주고받는 가운데 헨리에타 일행에게 번역용 아티팩트가 지급됐다. 이 또한 차수정의 부탁을 받아 백현준이 가져온 것이었다.

"구하느라 꽤나 고생했습니다. 동시통역 장치는 요새 거의 쓰지 않는 추세라서요."

"오, 제법 성능 좋네?"

백현준의 말을 고스란히 이해한 밀리아가 중얼거렸다. 상봉을 마친 임하영 모녀가 헨리에타에게 다가왔다.

"우리 시운이의 동료분들이시죠? 이곳까지 함께 오시느라 고생하셨어요. 시운이를 돌봐주셔서 감사합니다."

"예? 아, 아뇨. 감사하실 것까지야……."

말을 더듬거리는 헨리에타. 부드럽게 웃은 임하영이 물었다.

"가능하다면 몇 가지만 좀 물어볼 수 있을까요?"

"네? 아, 네. 저희가 알고 있는 한도 내에서 성심성의껏 대답해 드리겠어요."

모녀가 궁금해하는 것은 적시운의 행적. 지난 10년 동안 무슨 일을 겪었는가 하는 것이었다.

그러나 헨리에타 일행으로서도 수개월 전까지의 일밖에는 알지 못했다. 그래도 그간의 얘기나마 최대한 열성을 다해 설명했다.

"그러니까……."

설명을 모두 들은 임하영이 입을 열었다.

"요컨대 시운이는 그동안 미국에 있었다는 거군요."

"네. 정확히는 북미 제국, 노던 아메리칸 엠파이어라고 불리는 국가에 있었죠."

"제국…… 인 거군요."

"네, 적시운도 얘기한 적이 있어요. 원래 미국은 선거를 통해 지도자를 선출하는 나라였다고요. 이곳, 한국처럼요."

"직선제와 간선제의 차이가 있긴 하지만 그래요, 우리가 알고 있는 미국은 그런 나라였죠."

"지금은 달라요. 황제의 통치를 받는 제국이 그곳에 자리 잡고 있어요."

"그렇군요."

임하영이 부드럽게 웃었다.

"친절하게 대답해 주셔서 고마워요. 헨리에타 양."

헨리에타의 얼굴이 다시 상기됐다.

"아, 아뇨. 저야 그냥 아는 대로 말씀만 드렸을 뿐인데요."

"몇 마디만 나눠봐도 상대방의 성격을 조금은 알 수 있는 법이죠. 헨리에타 양은 무척 세심한 성격인 것 같아요."

"그, 그런가요?"

한층 붉어진 얼굴로 대답하는 헨리에타.

임하영은 미소 띤 얼굴로 일행을 돌아봤다.

"그러고 보니 여러분과 통성명도 제대로 못 했군요. 임하영이라고 합니다. 시운이의 엄마 되는 사람이지요."

"저는 적수린, 시운이 누나예요."

"저는 밀리아! 밀리아 볼튼이에요."

"아티샤 아르토바라고 합니다."

"그렉 한센."

"헨리에타 테일러입니다."

"나는 적시운이고."

모두의 고개가 돌아갔다. 적시운이 복도를 걸어오고 있었다.

"얘기는 잘 끝났어?"

"응, 누나."

적수린의 질문에 부드러운 미소로 대답하는 적시운. 헨리에타 일행에게 있어선 가히 충격적이기까지 한 미소였다.

"시운 님도 웃을 줄 아시는구나."

"웃는 거 제법 여러 번 보지 않았어요?"

"보기는 했지. 싸울 때랑 사냥할 때랑 나쁜 새끼들 두들겨 팰 때."

"하긴 저런 미소는 거의 처음 같네요."

묘한 감회 속에서 말을 나누는 밀리아와 아티샤.

적시운은 병실 안쪽으로 걸음을 옮겼다. 적세연은 잠든 듯이 누워 있었다.

처음 봤을 때보다 한결 편해 보이는 얼굴. 혈색 또한 많이 돌아와 있었다.

"의사 선생님도 놀라시더구나. 이렇게 회복력이 좋은 경우는 처음이라고 하셨어."

다른 것도 아닌 천마결의 활기(活氣)를 주입했으니 당연한 일이었다.

적시운이 불어넣은 기운은 적세연의 면역 체계와 충돌하는 일 없이 체내의 활력만을 샘솟게 만들었다. 그 결과 결핍 상태의 영양소와 기력이 되돌아왔다.

지금 그녀는 그저 잠든 것이나 다름없는 상태. 육체만큼은 평소보다도 활기차고 건강할 것이었다.

"그럼 잠꾸러기를 깨워볼까."

적시운이 여동생의 뺨에 손을 얹고는 약간의 기운을 불어넣었다.

팟.

턱 안쪽의 염천혈을 기점으로 정수리의 백회혈까지 이어지는 기맥에 자극이 가해졌다.

가벼운 내공 주입만으로도 피로를 회복시키는 동시에 정

신을 맑게 만드는 수법이었다.

"으음……."

미약한 콧소리와 함께 적세연이 눈을 떴다.

잠꼬대에 가까운 웅얼거림이 짧게 이어지고 그녀의 시선이 천천히 위아래를 훑었다.

적시운이 말했다.

"늦잠 자는 버릇은 변한 게 없구나."

"……오빠?"

"오냐, 말 안 듣는 동생아."

적세연이 멍한 얼굴로 좌우를 살폈다. 이윽고 언니와 엄마에게로 향하는 시선. 임하영과 적수린이 눈물이 글썽한 얼굴로 고개를 끄덕였다. 커다란 눈망울에 그제야 이슬이 맺혔다.

"너무…… 늦었잖아."

"미안."

"나, 오빠가 떠나갔던 그때랑 같은 나이가 됐어. 조금만 더 지났어도 그때의 오빠보다 나이가 많아졌을 거라고."

"그렇구나."

"언니랑 엄마는 반쯤 포기했어. 오빠가 돌아오지 않을 테니 잊어야 한다고 했어. 하지만 나는 포기하지 않았어. 오빠가 돌아올 거라고 믿었으니까."

"그랬어?"

"응, 그나저나 오빠 얼굴은 거의 변하지 않았네?"

"너는 많이 늙었고."

적세연이 킥 하고 웃음을 터뜨렸다. 웃음은 이내 울음으로 일그러졌다.

"돌아와서 다행이야. 정말……."

더 말을 잇지 못하는 여동생을 적시운은 가만히 안아주었다.

적세연은 눈물 콧물로 범벅이 된 얼굴을 오빠의 품 안에 묻었다.

"세탁비는 내줄 거지?"

울먹이던 적세연이 다시 웃음을 터뜨렸다. 적시운 또한 촉촉해진 눈시울을 깜빡이며 웃었다.

"울다 웃으면 거기에 털 난다던데."

"숙녀 앞에서 못 하는 소리가 없어, 정말. 하긴 오빠는 옛날부터 그랬으니까. ……근데 나, 꿈꾸고 있는 건 아니지?"

"꼬집어줄까?"

"아니, 내가 꼬집을 테니 오빠가 알려줘."

가느다란 손가락이 적시운의 뺨을 잡아당겼다. 눈가에 맺혀 있던 눈물 한 방울이 뺨을 타고 흘렀다.

"진짜인 모양이야. 아파서 눈물이 다 나네."

임하영과 적수린이 다가와 조용히 두 사람을 끌어안았다. 10년의 세월을 넘어 마침내 재회한 가족은 눈물 속에서 행복을 만끽했다.

적시운은 그간의 행적을 가족들에게 설명했다.

이미 헨리에타에게서 이야기를 들은 임하영과 적수린 또한 유심히 귀를 기울였다.

"그러니까, 실제로 네가 경험한 시간은 수개월에 불과하다는 거야?"

"응, 신선과 장기 한 판 두고서 돌아와 보니 수십 년이 흘렀다더라 하는 설화랑 비슷한 거지."

"그리고 과거로 갔을 때 만난 사람에게서는 무술을 배웠고?"

"그런 셈이야, 누나."

"이른바 사부님이라는 거네?"

"굳이 표현한다면……."

떨떠름하게 대꾸하는 적시운.

동그란 눈을 깜빡이던 적세연이 입을 열었다.

"으음, 그럼 그 사부님은 소림사 스님 같은 분이신 거야?"

[으음!]

뇌리를 울리는 불편한 침음에 적시운은 피식 웃었다.

"정반대라고 생각하면 편할 거야."

"그래?"

"응, 어쨌든 그 양반한테서 배운 것을 너와 누나에게 전수할 생각이야."

적수린과 적세연이 서로를 돌아봤다.

"우리한테?"

"누나는 이미 알고 있겠지만 상황이 꽤나 꼬여 버렸거든."

"안 그래도 요새 뉴스마다 대서특필하고 있더구나."

적수린의 얼굴에 그림자가 드리웠다.

"윤필중 특임 장관 암살, 정말 네가 한 일이니?"

"응."

적시운의 목소리는 담담했다.

적세연은 무슨 얘긴지 모르겠다는 얼굴로 언니의 옷자락을 잡아당겼다.

"무슨 일인데 그래, 언니? 암살이라니?"

"이걸 보렴."

적수린이 PDA를 꺼내놓았다. 4인치 화면 한가득 적시운의 얼굴이 박혀 있었다. 장관 암살로 인한 지명수배라는 네 글자와 함께.

"이건……!"

"이 나라를 위해 목숨을 던진 대가지."

농담조로 대꾸한 적시운이 진지한 태도로 말을 이었다.

"내가 한 일을 후회하진 않아. 하지만 그와 별개로 누나와 엄마, 세연이가 말려들게 된 것은 미안하게 생각해."

"그렇게 말하지 마."

적수린이 딱 잘라 말했다.

"네 잘못도 아니고 미안해할 것도 없어."

"언니 말이 맞아. 나도 엄마도 오빠를 원망한 적은 한 번도 없어. 오히려 고마워했으면 고마워했지."

가족들의 말에 새삼 힘이 났다.

빙긋 웃은 적시운이 말했다.

"어쨌든…… 저들과의 싸움은 피하기 힘들 거야. 그리고 놈들이 바보가 아닌 이상, 최우선 목표는 내 가족이 될 테고. 물론 나는 최선을 다해 모두를 지킬 거지만 만약의 경우라는 것을 생각하지 않을 수 없어."

"우리에게 무술을 가르치겠다는 건 그 때문이구나."

적시운이 고개를 끄덕였다.

적세연이 장난스럽게 웃었다.

"혹시 그거 배웠다가 막 우락부락한 근육 아가씨가 되어버리는 건 아니겠지?"

"저 녀석처럼?"

적시운이 뒤쪽을 가리켰다. 병실 밖 창에 얼굴을 붙이고서 안쪽을 지켜보던 밀리아가 천연덕스럽게 손을 흔들었다. 팔이 흔들릴 때마다 강건한 근육이 불끈거렸다.

"……저 언니도 무술을 배웠어?"

"응."

근육은 그 전부터 있기는 했지만.

그 말을 해줄까 하다가 그냥 입속으로 삼켰다.

예상대로 적세연은 끙끙거리며 고민하기 시작했다.

가만히 있던 임하영이 넌지시 물었다.

"그거, 이 엄마도 배울 수 있는 거니?"

"예, 일단은 남녀노소에 구분은 없어요. 재능의 차이야 있겠지만."

"그럼 나한테도 가르쳐 줬으면 한다. 이 엄마도 조금이나마 네 부담을 덜어주고 싶구나."

"나도…… 열심히 배울게. 우락부락해지더라도 어쩔 수 없지."

한숨을 쉬며 말하는 적세연. 진지하기 짝이 없는 태도에 적시운은 실소를 머금었다.

좀 더 가족들과 시간을 보내고 싶었지만 해야 할 일이 많았다.

병실을 나온 적시운이 나직이 한숨을 쉬었다.

"이제부터 바빠지겠군."

"그래서…… 무엇부터 할 생각이야?"

헨리에타가 나직이 물었다.

잠시 허공을 응시하던 적시운이 입을 열었다.

"우선은 길드부터 구축해야겠지."

"길드?"

"그래, 나는 이제 공인된 국가 반역자니까 놈들도 군사력을 총동원해 제거하려 들 거야."

"정부군과 싸우게 되겠구나."

"응, 이제는 내 전투력도 어느 정도 파악했을 테니 저번처럼 호락호락하지만은 않을 거야. 전력 자체도 도시 수비군과는 비교도 할 수 없을 테고."

"그렇겠네."

"무엇보다 더 이상은 혼자가 아니니까."

헨리에타는 고개를 끄덕였다.

제아무리 적시운이라지만 혹을 주렁주렁 달고 있는 마당에 마음껏 전력을 발휘할 수 있을 리 없었다.

"그래서 결론은…… 데몬 오더 한국 지부를 만들겠다는 거네?"

[그렇다!]

가만히 있던 천마가 별안간 소리쳤다.

[이 고요한 땅에 천마신교 해동지부를 만드는 것! 그게 바로 자네에게 주어진 숭고한 사명인 것이네!]

'……'


2


"길드 데몬 오더."

김무원은 상체를 앞으로 끌어당겼다.

"그게 자네가 내린 답이라는 거군."

"그렇습니다."

"알겠네. 우리가 뭔가 도울 게 있겠나?"

"입수되는 정보를 숨기지 말고 제공해 주십시오. 특히나 중국과 신서울 쪽 움직임에 대해서요."

"그건 걱정 말게. 응당 우리가 해야 할 일이니."

"천무맹이란 집단에 대해 뭔가 더 얘기해 주실 게 있습니까?"

"그다지 많지는 않네. 우리 또한 아는 바가 거의 없으니까. 놈들의 숫자, 지휘 체계, 규모 모든 것이 베일에 싸여 있네."

"입수했다던 기밀 정보는 무슨 내용이었습니까?"

"중화당 주석 심인평과 '무백노사'라고 불리는 인물 간의 짧은 대화가 담긴 녹취록이었네."

"들어볼 수 있겠습니까?"

김무원은 거리낌 없이 데이터를 내놓았다.

미네르바에 복사하여 들어보았지만 확실히 김무원이 말한 것 이상의 정보는 없었다.

"그런데 용케 이런 얘기를 믿을 마음이 생기셨군요. 22세기에 무술을 사용하는 신비 집단이 존재한다는 건데."

"마수가 활보하고 이능력자가 뛰어다니는 세상인데 장풍 쓰는 초인들쯤이야 새삼스러울 것도 없지 않겠나?"

"그건 그렇군요."

"그보다, 미리 고백하네만 우리가 벌 수 있는 여유는 길어야 한 달일 걸세. 우리를 칠 명분을 만드는 것쯤은 일도 아닐 테니까."

"그 정도면 충분합니다. 사실 그때까지 시간을 끌 생각도 없고요."

"뭔가 묘안이라도 있나?"

"그건 차차 아시게 될 겁니다."

길드의 구조는 북미 제국 때와 거의 동일했다. 당시 클라

리스가 맡던 역할이 과천 특구에 돌아갔을 뿐 그 외에는 달라질 게 없었다. 애초에 데몬 오더 자체가 소수 정예 길드이기도 했고.

적세연은 깨어난 지 이틀 만에 자리를 털고 일어났다.

적시운은 그녀와 적수린, 임하영에게 체질에 맞는 심법부터 전수하기로 했다.

[자네 누이들에겐 옥령심법이, 자당(慈堂)에겐 천환심결이 어울릴 듯하네.]

기본적인 방식은 지난번과 동일. 내공을 주입하여 그녀들의 기맥을 개화시켰다.

세 사람 모두 성장기가 지난 몸이었기에 쉬운 일은 아니었다. 그래도 그간 쌓인 경험 덕택에 어찌어찌해 낼 순 있었다.

괄목할 만한 성장은 어렵겠지만 최소한의 호신 정도는 기대할 수 있을 듯했다.

이어서 헨리에타 일행의 몸 상태를 체크했다. 토납과 심법에도 어느 정도 익숙해졌을 시기. 그런 만큼 다음 단계로 나아갈 필요가 있다고 판단한 것이다.

[육체 단련은 이미 어느 정도 되어 있고 전투 방식을 이제 와서 바꿔봐야 헷갈리기만 할 테지. 상승의 외공보다는 고유 방식에 어울리는 무공을 가르치는 게 효율적일 걸세.]

'당신이 그렇다면 그런 거겠지.'

적시운은 천마의 조언대로 일행에게 기초 무공을 전수했다.

효과가 가시화되는 건 수개월 후의 일일 터. 그래도 필시 도움은 될 것이었다.

[한데 의외로구먼.]

'뭐가?'

[자네가 이번처럼 본좌의 말을 착실히 따른 적이 있었나 싶어서 말일세.]

'그랬던가?'

[그렇다네. 마침내 본좌에 대한 존경심이 싹트기라도 한 건가?]

'좋을 대로 생각하셔.'

권창수는 김무원을 통해 군수물자와 아지트, 방어 설비 등을 제공했다. 각 물자는 그렉과 헨리에타가 꼼꼼히 살핀 후 창고에 적재되었다.

"이 정도면 최소한의 기초 작업은 끝난 셈이겠지."

아지트 내의 개인실.

홀로 앉아 중얼거리는 적시운이었다.

[준비를 마쳤으면 슬슬 움직이지 그러나? 천무맹 놈들까진 무리라 쳐도 이 나라의 썩어빠진 윗대가리들쯤은 지금이라도 족칠 수 있을 듯한데.]

"흠."

[오히려 시간을 끌었다간 어려워질 수도 있네. 자네 말대로라

면 백도의 쥐새끼들이 냄새를 맡을 수도 있잖겠나?]

"나도 그렇게 생각해. 하지만 그 전에 정리해야 할 일이 있어."

가볍게 심호흡을 한 적시운이 말을 이었다.

"당신하고 말이야."

신서울 행정부.

지하 도시의 평균 깊이보다도 100m 이상 더 아래쪽에 위치한 특수 건물.

장관급 전용 방공 벙커가 그곳에 있었다.

콘크리트와 합금의 벽으로 도배된 공간은 문자 그대로 철옹성.

이론상 전술핵을 탑재한 벙커 버스터 외에는 타격을 주는 게 불가능했다.

그중에서도 최심부에 회의실이 존재했다.

일련의 인원이 원탁을 둘러싼 채 앉아 있었다.

"더 시간을 끌 필요가 뭐 있겠소? 과천 놈들이 김무원과 적시운을 보호하고 있는 게 분명한데, 그냥 병력을 끌고 가 쓸어버립시다!"

"그게 말처럼 쉬운 일이 아니오. 안 그래도 여론이 좋지 않은데……."

정국은 묘하게 흘러가고 있었다.

원래 내각의 예상대로라면 특임 장관의 살해자인 테러리스트 적시운에게 비난의 화살이 집중됐어야 했다.

한데 하나의 녹취록이 상황을 뒤집었다. 윤필중과 내각 의원들이 나눈 대화가 송두리째 웹상에 풀린 것이다. 심지어 윤필중이 채널을 나가 버린 이후의 대화까지도.

─윤필중이 저거, 위험하지 않겠소?

─수비대 조금 데리고 다니더니 자기가 개선장군이라도 된 줄 아는 모양이군.

─건방진 새끼.

─이번 일을 잘 마무리하더라도 토사구팽할 필요가 있을 것 같소.

적나라한 대화 내용. 음질마저도 깔끔하기 그지없었다.

황급히 사이트마다 명령을 내려 업로드된 파일을 지웠지만 이미 일파만파 퍼진 직후였다.

차선책으로 대담 자체가 조작됐다는 성명을 냈지만 의혹은 쉽게 지워지지 않았다.

설상가상, 신서울 수비대의 행실 또한 도마에 올랐다.

급히 병력을 배치하는 과정에서 대민 마찰이 다수 발생했고 승냥이 같은 여론은 이를 놓치지 않았다.

뉴스와 웹, 지면을 통해 내각을 질타하는 이야기가 쉴 새 없이 흘러나왔다.

정부의 영향 아래에 있는 대형 언론의 입을 미연에 막아두었지만 풀포기처럼 뿌리 내려 있는 소규모 언론까지는 어쩌지 못했다.

국정 지지도는 하루가 다르게 추락하는 중.

사실 이것 자체는 그리 치명적인 일은 아니었다. 지지도야 어떻든 내각에 실질적인 영향을 주지는 못했으니까.

그래도 짜증이 나는 것은 사실이었다.

"이 새끼들 정말, 미쳐도 단단히 미친 것 아니오?"

"방송국이고 신문사고 단체로 문 닫고 싶어서 환장한 모양이더군."

"그렇다고 당장 조졌다간 외압이니 뭐니 시끄러울 테니……."

"놈들도 그걸 아니까 저리 날뛰는 것일 게요. 정작 짓밟으면 찍소리도 못 낼 것들이."

"내버려 두시오. 놈들이 암만 저 아래에서 재잘거려 봐야 우리를 어쩌진 못하오."

원탁을 중심으로 앉아 있는 이들은 대한민국 행정부의 실세들. 이 나라의 정점에 자리 잡은 장관들이었다.

"지금 우리가 신경 써야 할 것은 한 놈뿐이오."

"적시운, 그놈 말이군."

한 달 전까지만 해도 이름은커녕 존재 유무조차도 알지 못했던 놈이었다. 알 바도 아니었고.

한데 그 일개 요원이 며칠 새에 태풍의 눈으로 자리 잡고 말았다.

"윤필중의 부검 결과가 나왔더군."

"그렇소이까?"

"음, 초자연적인 힘에 의한 심장이 폭발이 사인이라더군. 이능력이 발휘된 흔적은 끝끝내 찾지 못했다고 하오."

"그럼……."

"불길한 예상이 적중한 것 같소."

불편한 침묵이 원탁 위로 흘렀다.

"중화당 측 얘기는 어떻소?"

"영상 기록을 확인한 천무맹 관계자의 말로는 자기네와는 무관하다더군."

"단순히 발뺌하려는 것 아니오?"

"어쩌면 그럴지도 모르지. 하지만 우리로선 항의할 방도가 마땅치 않소."

"으음."

대통령의 암살을 의뢰한 시점에서 대한민국 내각은 중화당과 천무맹에 큰 약점을 잡히게 되었다.

의뢰 사실 자체도 자체거니와, 공포라는 이름의 족쇄까지 차게 된 것이다.

방어 체계가 어느 정도 연구된 이능력과 달리 천무맹의 무공은 대처 방안이라 할 만한 게 존재하지 않았다. 중국 측의 보안이 워낙 철저한 데다 표면적으로 드러난 것이 거의 없었던 까닭이다.

이쪽에선 저쪽을 어찌할 방안이 없다. 반면 저쪽은 마음만 먹으면 얼마든지 이쪽을 칠 수 있다.

그것을 인지한 순간부터 한국 정부는 밑지고 들어갈 수밖에 없었다. 누구나 자기 목숨은 중한 법이었으니.

"차라리 놈을 포섭하는 방안은 어떻겠소?"

"놈이라면, 적시운 말이오?"

말을 꺼낸 의원이 고개를 끄덕였다.

"만약 놈에게 천무맹에 대항할 만한 힘이 있다면……."

"중국 놈들도 머저리는 아니오. 일말의 가능성이나마 있음을 알기에 반드시 적시운을 제거하려 할 거요."

"으음."

"다시 말해, 만약 우리가 놈과 손잡으려는 뉘앙스만 풍겨도 가만히 있지 않을 거란 뜻이오."

"……."

의원들의 얼굴에 긴장이 어렸다.

경고를 내뱉은 의원이 동지들을 천천히 돌아봤다.

"중화당과 손을 잡은 시점에서 이미 우린 돌아오지 못할 열차에 오른 셈이오. 앞으로 나가거나 선로를 탈선해 박살나거나, 선택지는 그 둘밖에 없소."

"놈을 죽여야겠군. 우리 스스로를 위해서."

"아니, 틀렸소. 이 나라를 위해서요."

딱 잘라 선언한 의원이 말을 이었다.

"우리는 이 나라 대한민국의 미래를 위해 놈을 처단하는 거요."

[대체 그게 무슨 말인가? 본좌와 정리해야 할 문제가 있다니.]

"꽤 오랫동안 품어온 의문이 하나 있었거든. 그 사실 여부에 대해서 오늘은 꼭 들어야겠어."

[…….]

"침묵하는 걸 보니 당신도 어느 정도는 예상하고 있었던 모양이지?"

[무슨 말을 하는 건지 잘 모르겠네만.]

"간단히 묻지."

잠시 뜸을 들인 적시운이 내쳐 말했다.

"정말 내가 당신을 죽인 게 맞아?"

[……허허.]

천마가 헛웃음을 뱉었다.

[우습기 짝이 없는 질문이구면. 그럼 그날 승리한 게 본좌라도 된다는 말인가? 아니면 지금 자네 눈앞에 놓여 있는 이 모든 게 가짜라도 된다는 뜻인가?]

"내가 떠올린 가설에 대해 말해보겠어."

천마의 말을 자르듯 적시운이 운을 뗐다.

"원래부터 당신에게 승산은 없었다. 무림맹 측 습격대에 대항해 당신이 낼 수 있는 최대한의 성과는 동귀어진이었다. 다시 말해, 그날 내가 그 자리에 없었다고 해도 당신은 죽을 운명이었다."

[…….]

"한데 그곳에 변수가 나타났지. 무공이라고는 쥐뿔도 익히지 못한, 하지만 뭔가를 숨기고 있는 듯한 애송이 하나가 말이야."

천마의 침묵이 이어졌다. 적시운은 아무것도 내색하지 않고서 말을 이어갔다.

"당신에겐 얼마든지 날 죽일 기회가 있었어. 그 애송이는 호신강기는커녕 기초적인 체술조차 익히지 않았으니까. 무림 맹 놈들의 틈을 치고 들어가 단번에 멱을 따면 그만이었지."

[…….]

"한데 당신은 그러지 않았어. 애송이를 죽이든 말든 동귀어진을 피할 수 없다는 걸 알고 있었으니까. 그래서 한 가지 모험을 하기로 결심했다."

짧은 침묵을 뒤로한 채 적시운이 말했다.

"백도의 끄나풀로는 보이지 않는 그 애송이에게 복수의 염원을 전가하기로 말이야."

[그 애송이가 자네란 말인가?]

"그래."

적시운은 담담한 어조로 말했다.

"지금까진 모든 게 우연의 일치라고만 생각했지. 이 모든 일이 그저 내 팔자가 사나워서 일어난 거라고 생각해 왔어. 하지만 만약 그게 아니라면? 누군가의 안배로 인해 내가 당신을 만나게 된 거라면?"

[그 사실 여부가 그렇게 중요한가?]

"중요해."

적시운은 단언했다.

"당신의 대답 여하에 따라 내 결심이 바뀔지도 모르니까."

"한데……."

의원 중 하나가 조심스럽게 말을 꺼냈다.

"적시운 그놈이 투입됐던 작전, 그 목적은 대체 무엇이었소?"

3

"그들은 운명을 바꿀 것이오."

핏물에 젖은 목소리가 흘러나왔다.

연인처럼 부둥켜안고 있는 사내가 둘.

한 사내의 척추를 뚫고 나온 칼날과 웅덩이를 이루고 있는 핏물.

서로가 뿜어내는 뜨거운 숨결이 어지러이 얽히는 그곳은 화산(華山) 연화봉(連花峰) 꼭대기였다.

"그들은…… 천리를 바꿀 것이외다."

핏물을 영혼처럼 토하며 말하는 사내. 반대편의 사내는 무심한 태도로 칼을 뽑았다.

피투성이 사내의 몸이 비틀거리다가 뒤로 넘어갔다.

"유언을 남기려면 좀 괜찮은 걸로 남기지 그러나. 뜬구름

잡는 소리보다는 차라리 저주를 퍼붓는 쪽이 그럴싸할 텐데."

"저주? 저주. 저주라……."

쓰러진 사내가 웃었다.

미묘한 우월감이 묻어 있는 비소.

나는 네가 모르는 것을 알고 있노라고 말하는 듯한 웃음이
었다.

무시해도 좋을 것이다. 그래도 될 터였다.

하지만 사내는 그러지 않기로 했다.

쓰러진 자는 존중받을 만한 가치가 있는 패자였고 만고의
지존인 사내 또한 세상에 두려울 게 없었다.

"지껄여 보라. 천리를 바꾼다는 것이 무슨 소리지?"

"이미 그들은 계획에 착수했소."

"계획이라고 했나, 남궁원?"

패자, 백학검 남궁원이 고개를 끄덕였다.

"나는 한 사람의 무인으로서 그대를 존중하오. 그대가 펼
친 검예의 절륜함에 진심으로 탄복했소. 이 싸움의…… 일부
가 될 수 있었음에 감사하오."

"……."

"그렇기에 진실을 말해주려는 것이오. 그대가 아무것도
모른 채 죽음을 맞는다는 게 어쩐지 서글프기에."

"그건 대체 무슨 개소리인가?"

"필연적인 죽음이 그대를 방문할 것이오. 하나 그것은 곧 그대를 구명할 동아줄이기도 하지. 그때가…… 되면 자연히 이해할 수 있을 것이오."

"너희 무림맹 점쟁이들의 헛소리 중의 하나인 모양이군. 그리 지껄이면 본좌가 겁이라도 먹을 거라던가?"

쓰러진 사내, 무림맹주 남궁원은 쓴웃음을 지었다.

수많은 감정이 뒤섞여 있는 미소였다.

"천리의 흐름은 이미 뒤틀렸소. 세상의 운명은 이미 바뀌고야 말았소."

"세상이라, 중원의 운명이 경각에라도 달렸다는 말이더냐?"

"아니……."

남궁원의 눈에서 생기가 사라져 갔다.

"중원은, 강호는…… 그저 더 큰 세상의 일부일 뿐……."

패자의 숨이 멎었다.

승자는 설명하기 어려운 찝찝함 속에서 검신에 묻은 피를 털어냈다.

애병 수라천(修羅天)의 칼날이 은은한 검명을 토했다.

"망할 놈. 차라리 저주나 퍼부을 것이지."

통쾌함은 느껴지지 않았다. 승리의 쾌감도 없었다.

무림맹주는 그저 표면상의 종주일 뿐. 배후에 자리 잡은 진정한 실세에 의해 휘둘리는 입장이라는 것을 잘 알고 있는 까닭이었다. 승리로의 길이 요원하다는 것도 여전히 그들은 열세에 있다는 것 역시.

"중원 산천 전부를 피로 물들이기라도 해야 한단 말인가."

사내의 지친 심신을 연화봉의 실바람이 훑고 지나갔다. 피 묻은 바람에 실린 원혼들이 이제 시작일 뿐이라며 속삭였다.

그날 이후 사내는 패자의 말을 기억에서 지웠다. 이해하기 힘든 말까지 담아두기엔 그의 머릿속에 실린 비애와 기억이 너무나 많았다.

다소간의 시간이 흐른 후.

사내는 비로소 그날의 기억을 떠올렸다.

죽음을 목전에 둔 바로 그 순간에야.

그리고 천 년의 시간이 지난 후에 다시 한 번 더.

천마는 옛 기억의 파편과 대면했다.


[누군가의 안배라.]

"당신은 그…… 격체신진술이란 술법을 내게 사용했었지. 그 이후에 내 머릿속 한 자리를 차지하게 되었고."

[그랬었지.]

"한데 정작 당신의 과거에 대해선 내가 아는 바가 거의 없어. 당신의 진짜 꿍꿍이가 뭔지도 알 수가 없었지."

[본좌는 자네 말따나 망령에 불과하네. 이런 상태의 본좌가

뭔가를 꾸밀 수나 있겠는가?]

"내 행동을 당신이 의도하는 대로 끌고 갈 수 있겠지. 간접적으로라도 말이야."

[본좌가 뭐라 떠들든 자네는 신경조차 쓰지 않잖나?]

"더는 아냐."

적시운은 담담히 말했다.

"당신을 신뢰하게 됐으니까."

[…….]

"정확히 말하자면 신뢰하기 직전이라고 봐야겠지."

[본좌와 자네 사이에 그 정도의 유대가 쌓였노라고 말하고 싶은 것인가?]

"그럼 아냐? 함께 숱한 사선을 넘나든 사이인데."

천마는 대꾸하지 않았다.

적시운은 조금 쑥스러웠는지 헛기침을 했다.

"어쨌든 그래서라도 확실히 하고 싶은 거야. 혹여나 당신이 내게 숨기는 게 있는지. 내가 알아야 할 뭔가가 더 있는지."

[…….]

"생각해 보면 처음부터 이상한 점투성이였어. 중국 정부가 대체 어떻게 시간을 역행할 방법을 찾아냈는지도 의문이고."

[그건 본좌도 전혀 모르겠네만.]

"하지만 내 의문을 해소해 줄 몇 가지는 알고 있을 테지. 아닌가?"

천마는 한동안 입을 열지 않았다.

적시운은 재촉하는 대신 끈기를 가지고 기다렸다.

[우선 이것부터 확실히 하지. 본좌는 결코 죽을 생각으로 그 싸움에 임하지 않았네. 어차피 죽을 거라느니 하는 얄팍한 생각 따위, 생전 단 한 번도 떠올려 본 적이 없네.]

"그럼 왜 나를 죽이지 않았지?"

[요리조리 잘 도망 다녀서. 게다가 소림 땡추들의 방어진이 제법 견고하기도 했지.]

"당신이라면 충분히 뚫을 수 있었을 텐데?"

[그랬지. 솔직히 말하자면 자네를 무시했었고, 자네에 대해 무지했었네. 설마 야금야금 본좌의 몸을 갉아먹던 그 능력이 자네의 것이리라고는 생각지 못했지. 알고 난 뒤엔 이미 상황이 기울어진 뒤였고.]

"그 이후에라도……."

[죽일 수는 있었네. 하지만 그러고 싶지 않았네.]

적시운은 가만히 숨을 죽였다. 가장 중요한 답을 듣기 위해서.

"어째서지?"

[먼저 죽은 이가 남긴 말이 있었기 때문일세.]

돌연 적시운의 머릿속에 빛바랜 광경이 펼쳐졌다. 오래된 사진처럼 군데군데 헐어 있는 하나의 장면.

조금 전까지 서로의 숨통을 끊고자 전력을 다했던 사내들의 대화가 뇌리를 관통했다.

"그들이…… 천리를 바꿀 것이라고?"

[그래, 그는 그렇게 말했지.]

"그게 대체 무슨 뜻이지?"

[본좌도 알지 못하네. 하지만 자네나 본좌의 지각을 뛰어넘은 무언가가 도사리고 있다는 것만은 분명하네.]

천마는 더없이 진중한 태도로 말했다.

[본좌에게 미련이 없다면 그것은 거짓말이겠지. 지금도 가끔은 옛 기억이 떠올라 괴롭기도 하네. 하지만 분명한 것은 그 모두가 이미 지나간 일이란 것이네.]

"천마……."

[천무의 이름을 참칭하는 것들을 자네가 무너뜨린다면 본좌로선 기쁜 일일세. 하지만 그 동기를 본좌의 것으로 만들 생각은 없네. 어디까지나 자네 자신의 뜻으로서 놈들을 무너뜨리길 바랄 따름이네.]

"……."

[이 정도면 대답이 되었는가?]

적시운은 가만히 고개를 끄덕였다.

"충분히."

[흠, 하여간 한심한 일이로군. 사내대장부가 고작 그깟 일로 끙끙대기나 했단 말인가?]

"찜찜하잖아. 내가 나 자신이 아닌 다른 누군가의 계획에 끌려다니는 신세라면."

남궁원의 말을 통해 유추하자면 '그들'이 말했다는 천리의 변화는 적시운과도 밀접한 관계가 있는 것이 분명했다.

'결국 해답은 놈들이 쥐고 있다는 건가.'

타임 슬립 프로젝트의 주체, 중화인민공화국 정부. 그리고 그 배후에 자리 잡은 천무맹.

그 의문을 해소하기 위해서라도 놈들과의 대결은 피할 수 없을 듯했다.

[할 얘기 다 끝났으면 현실로 돌아오지 그러나? 안 그래도 이래저래 바쁠 듯한데.]

적시운은 피식 웃었다.

"그래. 그러자고, 스승."

[응? 지금 뭐라고 했나?]

"아무 말도 안 했어."

[본좌가 잘못 들었을 리 없지. 자네 지금 분명히…….]

적시운은 천마의 의식을 무의식의 수면 아래로 가라앉혔다. 순례자의 코어를 통해 상단전을 각성시킨 후에 얻게 된

능력 중 하나였다.

"이제 좀 조용하네."

머릿속이 허해지니 약간은 허전하기도 했다. 그래도 지금 당장은 천마를 부를 생각이 없었다.

스으읍.

육체에 힘을 빼고서 가만히 숨을 들이쉰다.

코를 통해 흡입되는 기류를 머릿속으로 이미지화하고 배속 깊은 곳으로 둥글게 이어지는 통로를 떠올린다.

배 속에 꿈틀대는 불덩어리가 통로를 따라 회전한다.

폐부, 공기로부터 떨어져 나온 빛의 가루가 불덩어리를 향해 스며들게끔 머릿속 이미지를 그린다.

믿음은 의지가 되고 현실이 된다.

미세하게나마 불덩어리에 기운이 달라붙는 것을 느낀다.

후우우.

천천히 숨을 뱉는다.

이러한 일련의 과정을 12회 반복한다.

"으아아."

한숨을 내쉬며 눈을 뜨는 적세연의 몸은 땀으로 범벅이 되어 있었다.

"어쩌면 저, 엄청난 천재인 게 아닐까요?"

"응, 아니야."

단호한 음성에 적세연이 볼을 부풀렸다.

"지금 질투하는 거죠, 밀리아 언니?"

"전혀!"

밀리아가 딱 잘라 말했다.

"지금은 시운 님이 불어넣어 주신 기운 덕분에 쉽게 되는 거야. 그 기운이 다 사라진 다음부터가 본 게임이라고. 그때 되면 피똥 쌀걸?"

"빈말로라도 칭찬해 주면 어디 덧나요? 칭찬은 고래도 춤 추게 한다는데."

"고래가 춤을 어떻게 춰? 그리고 시운 님이 봐주지 말라고 하셨어."

"그래도 융통성 있게 할 수 있는 거잖아요. 그리고 고래도 춤출 줄 알걸요? 사람 춤이랑 달라서 그렇지."

"말도 안 돼."

"왜 안 되는데요?"

쓸데없는 얘기로 티격태격하는 두 사람.

옆에서 그녀들을 지켜보던 아티샤가 미소를 지었다.

"정말 친해지셨네요, 두 분."

알게 된 지는 고작해야 일주일 미만. 다른 이들이 여전히 서먹서먹한 와중에도 밀리아와 적세연은 제법 죽이 잘 맞았다.

"둘 다 멍텅구리 타입이라 그래."

"언니!"

적수린이 손을 휘휘 저으며 지나갔다. 낡은 소총을 어깨에 짊어진 채였다.

"사냥 가세요?"

"응, 좀이 쑤셔서."

적시운이 없는 동안 집안 살림을 지탱해 온 적수린이었다.

김무원이 좌천당하고 연금 지급이 끊어지는 위기를 겪으면서도 세 가족이 버틴 것은 그녀 덕분이나 다름없었다.

"같이 가도 될까요?"

"괜찮긴 한데 미니건은 가져오지 마. 마수 몸뚱이가 남아나지 않을 테니."

담소를 나누며 아지트를 나서는 두 사람.

적세연이 재차 입술을 내밀었다.

"자기들도 죽 잘만 맞으면서."

"……."

"근데 밀리아 언니는 왜 나만 들들 볶아요? 우리 언니한테는 찍소리도 못하면서."

"시운 님의 누나잖아."

"나는 여동생인데요?"

"그래서 너는 언니한테 찍소리라도 내니?"

적세연은 잠시 눈을 굴리며 생각했다.

"아뇨, 언니는 무서워서요."

"나도 그래. 이해하지?"

"이해해요."

위이잉.

문이 열리고 적시운이 들어섰다.

"오빠!"

"시운 님!"

강아지처럼 한달음에 달려가는 두 사람. 정작 강아지에 가장 가까운 비상식량은 고개만 살짝 들고 말았다.

"너희, 차수정 봤어?"

"시운 님 후배요?"

"그래, 병실에 없던데."

"남동생 있는 곳에 있지 않을까요? 근데 후배는 왜 찾으세요?"

"길드를 만들었으니."

적시운이 어깨를 으쓱했다.

"길드원을 모집해야지."

타임 슬립 프로젝트의 전모는 무엇이었는가?

필연적으로 도달할 수밖에 없는 질문이 도마 위에 올랐다.

그러나 원탁을 둘러싼 그 누구도 자신 있게 대답을 꺼내지 못했다. 해당 계획에 대해 아는 바가 없었기 때문이다.

중앙에 자리한 인물이 답답한 듯 주변을 돌아봤다.

"아는 사람이 아무도 없단 말이오?"

"당시 프로젝트는 김무원이 소관이었던지라……."

"후임이 있을 것 아니오? 현 특무부장은 어디 있소?"

"심재윤 부장은 현재 입원 중입니다. 게다가 애초부터 허수아비로 세워놓았던지라 아는 것도 없을 테고요."

"그럼 김무원이가 남겨둔 기록이라도 있을 것 아니오?"

"이미 살펴보았습니다만 상세한 내용은 없었습니다. 한마디로……."

단안경을 쓴 중년인이 딱 잘라 말했다. 중년인이라 해도 다른 의원들보다는 훨씬 젊은 이미지의 사내였다.

"해당 프로젝트의 진상을 아는 곳은 하나뿐이란 의미입니다."

"중화당 말이오?"

"그렇습니다. 그게 우리가 내린 결론입니다."

중년인의 가슴팍에서 국가정보원의 배지가 번뜩였다.

국정원장 서상진.

현 내각의 최고 실세 중 하나였다.

"생각해 보면 당연한 일이지요. 범국가적 규모의 프로젝트에 파견된 인원이 달랑 하나, 그것도 전술적 가치가 미미한 2급 사이킥이었습니다. 투명하고 체계적인 계획이었을 가능성은 낮습니다. 타임 슬립이란 개념의 허무맹랑함만 봐도 그렇지요."

"하면 중국 측에 뭔가 다른 의도가 있었을 거란 말씀이오?"

"일단 저희 측에선 그렇게 보고 있습니다. 분명한 건 천무맹이라는 중화당 내 사조직이 해당 프로젝트에 깊이 관여했다는 점입니다."

"흐음."

의원들이 떨떠름한 얼굴로 서로를 돌아봤다.

"그 말씀은."

중앙의 의원이 입을 열었다. 낮고 굵직한 음성 앞에 수군거리던 소리가 싹 사라졌다. 현 내각의 1인자인 정태산 수상이었다.

"적시운 그놈이 천무맹의 끄나풀일 가능성도 있다는 말씀이군."

"가능성은 적지 않습니다. 중화당 측에서 부정하긴 했습니다만."

"관계가 없을 가능성은?"

"물론 그럴 수도 있겠지요."

"다시 말해 국정원도 현재로선 정확히 아는 바가 전혀 없다는 거군."

"예, 중화당 내부를 직접적으로 캐낼 수 있게끔 지원해 주신다면 얘기가 달라지겠습니다만."

똑바로 일하라는 질책과 지원이나 해달라는 반박.

둘 사이로 흐르는 칼날 같은 분위기에 다른 의원들이 숨이 막힐 지경이었다.

"타임 슬립 프로젝트 건은 일단 옆으로 치워둬야겠군."

먼저 뒷걸음을 친 쪽은 정태산이었다. 자존심 때문에 짓밟아 버리기엔 국정원은 너무 가치가 컸다.

"우선은 적시운이오. 놈을 포섭하든 제거하든 간에 어떤 형태로든 후환을 없애야 하오."

"지당하신 말씀입니다, 수상."

"국정원에서 할 수 있겠소?"

안경알 너머로 서상진의 눈빛이 빛났다.

"저희야 일개 정보기관에 불과합니다만……."

"특무부를 휘하 조직으로 편성시켜 드리지. 더불어 육군 2사단의 지휘권 또한."

"……!"

서상진보다도 다른 의원들이 더욱 놀랐다.

한 사람이 휘두르기엔 지나치게 거대한 무력이 아닌가.

서상진 또한 떨떠름한 표정이었다.

'이것은 나와 손을 잡자는 제스처인가? 그게 아니면…….'

함정일 수도 있다.

동일 정당의 당원이었으나 계파가 판이한 만큼 두 사람의 사이는 동지보다는 정적에 가까웠다.

결국 정태산의 인사는 둘 중 하나의 의미를 담고 있다는 뜻.

'손을 잡거나 칼을 꽂거나.'

어느 쪽이든 뒷일이 달콤하지만은 않을 터였다.

"적시운은 단신으로 신서울 수비대를 농락했소. 그 정도의 괴물이 반동 세력과 연합했을 때의 전력은 상상하기 두려울 지경이오. 제대로 개화하기 전에 싹을 잘라내야 하오."

정태산이 단호한 어조로 말했다.

"이 이상의 지원이라도 필요하다면 허가하지. 수단과 방법을 가리지 말고 놈을 처리하시오, 국정원장."

서상진은 내심 쓴웃음을 지으며 고개를 끄덕였다.

"최선을 다해보겠습니다, 수상."

삑. 삑.

규칙적인 그래프가 심장 박동기의 모니터 위로 그려졌다.

고요한 병실 안에서 그래프의 물결이 조금이라도 흐트러질 때마다 차수정은 몸서리를 쳤다.

깨어난 지는 제법 되었다.

그땐 이미 적세연 또한 눈을 뜬 뒤.

적시운뿐 아니라 모두가 길드를 만든다며 분주히 뛰어다니고 있었다.

차수정은 도저히 그 모습을 감당할 수가 없었다. 바쁘지만 희망찬 그 모습에서 박탈감을 느낄 수밖에 없었기에.

적세연을 마주할 때가 특히 그랬다.

한때는 자신의 동생과 비슷한 신세였으나 이제는 훌훌 털고 일어나 밝은 모습을 보여주는 그녀가 얄밉기까지 했다.

'내 동생은 여전히 아픈데 저 아이는……'

그런 생각까지 들 지경. 그 뒤로 이어지는 것은 진득한 혐오감이었다.

'이기적인 년.'

목숨을 건진 것만으로도 고마워할 일이다. 그뿐 아니라 동생까지 구원을 받아 함께 이곳으로 왔다. 그것만으로도 차수정은 적시운에게 평생 갚지 못할 은혜를 입었다.

하지만 한구석에선 '조금만 더' 하는 생각이 자꾸만 들었다.

사람의 마음이란 간사한 법이라더니 지금의 그녀가 바로 그 꼴이었다.

그래서 병실 안에 자기 자신을 가뒀다. 자신의 추한 마음을 사람들에게 들키고 싶지 않았기에.

게다가 알코올 냄새가 진동하며 기계장치로 둘러싸인 이 공간에 남동생을 차마 혼자 두고 싶지가 않았다.

우우웅.

자동문이 열리는 소리.

흠칫하여 고개를 돌린 차수정이 재차 놀랐다.

"아……!"

"뭘 그리 놀라?"

"그, 그게……."

말문이 막힌 차수정이 입만 벙긋거렸다.

적시운은 고개를 갸웃거리고는 의자를 끌고 와 그녀의 옆에 앉았다.

"동생은 좀 어때?"

"……여느 때와 같아요."

한동안 어물거리던 차수정이 간신히 운을 뗐다.

"육체 붕괴를 최대한 늦췄다지만…… 결국은 천천히 죽어

가고 있을 뿐이죠."

"그렇군."

차수정은 화끈거리는 뺨에 손을 얹었다.

"길드를 창설하셨다고 들었어요."

"응, 창설이라고 하기엔 좀 애매하지만."

"그 때문에 찾아오신 것이겠고요."

"그래."

억지로라도 웃고 싶었지만 표정이 자꾸만 구겨졌다.

결국 차수정은 고개를 푹 숙인 채로 말을 이었다.

"그거라면 걱정하지 마세요. 시키는 일이라면 뭐든지 할 생각이니."

"좋은 마음가짐인걸."

차수정은 내심 쓴웃음을 지었다.

달라진 것은 없었다. 복종의 대상이 대한민국 정부에서 적시운으로 달라졌을 뿐.

동생의 생명을 조금이라도 연장하기 위해 임무에 나서야 할 터였다.

"그때 했던 말은 기억해?"

차수정은 고개를 들었다.

"무슨 말씀이세요?"

"네 동생을 치료할 수만 있다면 뭐든지 할 거라며."

"······그랬었죠."

"그 얘기, 지금도 유효한 거겠지?"

차수정의 눈동자가 거세게 흔들렸다.

"선배님, 하고 싶은 말씀이 대체 뭐죠?"

"계약하자고, 정식으로."

"계약이라뇨?"

적시운은 종이 한 장을 팔랑팔랑 흔들었다.

"너는 데몬 오더 길드의 부길드장으로 임한다. 나는 그 대
가로 네 동생을 완치시킨다. 해당 계약에 동의한다면 여기
지장 찍어."

차수정은 멍하니 종이를 바라봤다. 삐뚤삐뚤하게 대강 휘
갈겨 놓은 글씨들이 보였다.

"대체 왜요?"

"뭐가?"

"이런 계약 따위, 하지 않아도 저를 다루는 데엔 문제가
없잖아요. 어차피 저는 선배님에게 거역할 수가 없는 입장인
데······."

"그랬으면 좋겠냐?"

"그렇더라도 문제가 없다는······."

"그랬으면 좋겠냐고, 차수정."

차수정의 눈동자 한가득 적시운의 얼굴이 비쳤다. 이윽고

그 형상은 물기에 물들어 일그러졌다.

"아뇨."

차수정이 고개를 푹 숙였다.

"그러고 싶지 않아요."

"그런데 왜 그러고 싶은 것처럼 굴어?"

"헛된 희망을 품었다간 상처만 받을 테니까요."

"그 희망이 헛되지 않다면?"

"제 동생을, 수혁이를 치료할 수 있다는 말씀인가요?"

"실제로 시도해 본 적은 없지만 이론상으로는 가능하다는 게 내 결론이야."

차수정이 고개를 들었다. 흔들리는 눈동자를 향해 적시운은 담담히 말했다.

"이런 일로 거짓말을 할 만큼 썩어빠지진 않았어."

"하지만…… 왜……?"

"그때 네가 변심하지 않았다면 어머니와 세연이가 위험해 졌을 테니까. 나도 상당히 곤란해졌을 테고."

"그건 저와 수혁이를 구해주신 것만으로도 충분히……."

"그래서 계약하자는 거잖아. 그 두 가지를 퉁쳐서 플러스 마이너스 제로라고 치고 우리 길드 부길마로 일하는 대신 네 동생을 치료해 주겠다고."

"선배님……!"

"대신 최저임금만 주고 부려먹을 거다. 동의하면 지장 찍어."

와락!

돌연 달려들듯 몸을 날린 차수정이 적시운의 입에 입술을 포갰다.

삑. 삐익.

주기적인 신호음만이 방 안에 울려 퍼졌다.

잠시 후 떨어져 나온 차수정의 얼굴은 새빨갰다.

"죄송해요, 선배님."

"죄송할 일을 왜 하는데?"

"그게…… 수혁이 앞에서 이런 짓을 하는 게 아닌데……."

횡설수설하는 차수정. 적잖이 혼란스러운 모양이었다.

적시운은 입술에 묻은 립스틱을 종이로 슥 문질러 닦아 냈다.

"지장 대신이라고 생각할게."

"……."

"치료 방법에 대해선 나중에 따로 설명하는 게 나을 것 같아."

"……."

"그럼 쉬도록 해."

차수정은 여전히 말이 없었다.

적시운은 태연히 걸음을 옮겨 병실을 나왔다.

"후우."

문을 닫자마자 한숨이 흘러나왔다. 혀에 남아 있는 감각이 쉽게 사라지지 않았다.

[자네, 이참에 그냥 도라도 닦지 그러나? 해동에도 괜찮은 사찰이 많을 텐데.]

'저 상황에서 나더러 뭘 어쩌라고? 중환자가 바로 옆에 누워 있는데.'

[자네 엉덩이 밑에 달려 있는 살덩이 두 개는 다리라고 하네. 걷는 데에 쓰는 거지. 그걸로 이곳에서 다른 곳으로 몸뚱이를 옮겨 갈 수 있다네.]

'빈정대지 마.'

적시운은 종이를 접어 주머니에 꽂았다.

차수정 영입에 성공했으니 이젠 다른 데 신경을 쓸 차례였다.

"저, 선배님!"

벌컥 문이 열리고 차수정이 뛰쳐나왔다. 적시운은 하마터면 소리를 지를 뻔했다.

"……뭐야?"

가까스로 태연한 척 대꾸했다.

차수정은 여전히 상기된 얼굴이었다.

"감사하다는 말씀을 미처 드리지 못한 것 같아서요. 앞으로…… 최선을 다할게요."

고개를 꾸벅 숙이며 말하는 그녀.

두 눈으로 보지 않아도 그녀가 눈물을 글썽거리고 있다는 걸 알 수 있었다.

"각오하는 게 좋을 거야. 최대한 쥐어짜 낼 생각이니까."

"아…… 네!"

고개를 들고서 대답하는 차수정.

적시운은 어찌해야 하나 생각하다가 그녀의 머리를 살짝 쓰다듬어 주었다.

구 과천시.

과천 특구의 외곽에 위치한 시가지는 문자 그대로 폐허였다.

인적을 발견하기란 거의 불가능하다.

이따금 마주치는 이들 또한 대부분 스캐빈저나 약탈꾼들이었다.

버려진 거리의 진짜 주인은 마수들.

날뛰는 비율이 줄어든 것은 최상위권에 한정된 것. 대다수를 차지하는 하위 마수는 여전히 지상을 활보하고 있었다.

이곳, 옛 과천의 시가지 역시 마찬가지.

적수린과 아티샤가 사냥을 나선 곳은, 그런 장소였다.


5


"과천은 마수들이 번식하는 데 있어 최적의 장소라 할 수 있어요. 옛 수도권 도시 대부분이 그렇지만요."

적수린은 손가락을 들어 먼 방향을 가리켰다.

"거기엔 주변을 둘러싼 청계산과 관악산의 영향이 가장 커요. 녹지 환경이 좋으니 동식물이 모이고 이를 먹이로 삼는 마수들이 몰려들게 된 거죠."

"그리고 사람들도 이끌리게 된 거군요."

"네, 사냥감이 충분하다는 건 사냥꾼의 천국이란 뜻이니까요."

적수린이 어깨의 소총을 끌러 내리며 말했다.

"게다가 지금은 지상 특구의 건설로 상황이 한층 나아졌죠. 도시의 수용 능력이 좋아지니 자연히 인파가 늘어나고, 그로 인해 상권이 형성됐죠. 돈은 더 많은 사람을 불러들였고요."

"수린 님과 가족들도 그런 경우인가요?"

"우린 조금 달라요. 신서울에서 달아난 상황이었거든요. 태천그룹의 타깃이 된 게 비극의 시작이었죠."

"시운 님이 풍차를 꽂아버린 회사 말씀이죠?"

적수린이 쿡쿡 웃었다.

"네, 맞아요. 뉴스로 봤을 땐 어찌나 놀랐는지……. 어쨌든 그 일 때문이 아니더라도 누군가는 가족을 먹여 살려야만 했어요. 정부 지원금도 끊겼고 김 부장님 또한 우릴 지원해줄 여건이 아니었거든요."

"그래서 마수 사냥꾼이 되신 건가요?"

"그래요."

적수린은 소총을 겨냥했다.

안정적인 견착과 자세.

호흡을 가다듬은 그녀가 조심스럽게 방아쇠를 당겼다.

탕!

먼 방향에서 시커먼 형체가 푸드득 치솟았다. C랭크 마수인 자이언트 배트(Giant Bat)였다.

날갯짓을 보아하니 탄환은 빗나간 모양.

분노한 자이언트 배트가 퍼덕거리며 쇄도하자 아티샤가 자갈을 쥐었다. 그리고 냅다 던졌다.

퍽!

일직선으로 날아간 자갈이 정확히 명중했다. 자이언트 배트의 몸뚱이가 허공에서 그대로 터져 나갔다.

'사격보다도 정확한 돌팔매질이라니……'

넘어설 수 없는 벽으로 느껴질 정도의 실력 차이였다.

멍한 얼굴로 있던 적수린이 쓰게 웃었다.

"강하군요, 아티샤 양. 필시 톱클래스의 헌터일 테죠?"

"에……"

"시운이는 더 강할 테고요."

아티샤가 위아래로 고개를 끄덕였다.

"네, 훨씬 강하세요. 저희 모두를 합친 것보다도요."

"그렇군요. 반면 제 실력은 이 모양이에요. 아티샤 양이나 시운이가 보기엔 비웃음조차 나오지 않을 수준이겠죠."

"수린 님도 더 성장하실 수 있을 거예요."

"내일모레면 마흔인 노처녀가요? 정말 그게 가능하다고 보세요?"

"그럼요. 충분히 가능해요."

적수린이 고개를 돌려 아티샤를 보았다. 아티샤는 예의 해맑은 미소로 그녀를 응시했다.

씁쓸한 미소가 적수린의 입가에 맺혔다가 사라졌다.

"시운이가 돌아왔을 때, 물론 기쁘기도 했지만 사실 걱정이 더 컸어요. 괜히 나나 가족들이 그 애의 발목을 잡는 건 아닐까 해서요."

"왜 그렇게 생각하세요?"

"안 그래도 우리 때문에 어릴 적부터 고생 많이 했던 애예요. 여기를 떠나 있는 동안에도 필시 편안하게 지내진 못했겠죠."

작게 한숨을 쉰 적수린이 말을 이었다.

"게다가 이번 일로 시운이는 공공의 적이 되어버렸죠. 너무나 큰 적을 만들어버리고 만 거예요."

"아, 그 점은 걱정하지 마세요."

아티샤가 천연덕스레 대답했다.

"시운 님은 북미 제국하고도 적이시니까요."

"……네?"

"이곳으로 건너오실 때 황제의 칙령을 어겼거든요. 음, 물론 걸리지만 않으면 괜찮긴 한데 아킬레스 님이 다 얘기하셨을 가능성이 커요."

"……?"

"그 외에도 시운 님의 적은 더 많은 것 같아요. 저도 일일이 나열하진 못하겠지만요."

"……."

"거기에 한국이 추가된다고 해서 더 나빠질 것도 없을 거예요. 검정색에 다른 색을 섞는다고 해서 더 까매지진 않잖아요."

"……웃으면서 할 얘기는 아닌 것 같은데요, 아티샤 양."

"아, 죄송해요. 음. 그러니까 너무 부담 갖지 말라고 말씀 드리고 싶었어요."

아티샤는 어떤 표정을 지어야 하나 고민하다가 결국 다시 웃었다.

"그 모든 상황을 견디게끔 해준 것은 결국 수린 님과 가족들일 테니까요. 예전에도, 지금도, 그리고 앞으로도요."

의외의 격려에 적수린은 울컥했다.

눈물을 흘리는 건 주책맞아 보일 것 같았기에 그녀는 고개를 살짝 숙였다.

"고마워요, 아티샤 양."

"뭘요. 시운 님이었어도 이렇게 말씀하셨을 텐데요."

아티샤가 웃는 얼굴로 손을 내밀었다.

"그럼 이만 돌아가 볼까요?"

누군가에게 어떤 형태로든 위로를 받고 싶었다.

그 속내를 들킨 것 같아 적수린은 조금 창피해졌다.

'그래도……'

아무런 계산이나 의심 없이 타인의 손을 잡아본 게 얼마만일까.

믿을 수 있는 누군가를 곁에 있다.

그것만으로도 힘이 나는 듯했다. 그래서 적수린은 아티샤의 손을 힘껏 맞잡았다.

"저……."

전 특무부 요원 백현준은 난감함을 느꼈다.

"이게 뭡니까?"

"계약서."

적시운이 종이를 팔랑팔랑 흔들었다. 입가에는 고추장 같은 것을 묻히고서.

뭘 묻혔는지는 묻지 않는 게 좋을 듯했다.

"너, 차수정 부사수였다며? 지금은 김 부장이랑 같이 도망자 신세고."

"예전 일입니다. 다행히 권창수 의원님께서 거두어주셨지요."

"그 양반이랑 나랑 손잡았어. 이 정도면 설명은 충분하지?"

전혀 충분하지 않았지만 백현준은 말대꾸하지 않았다. 해봤자 손해라는 게 뻔히 느껴졌으니까.

"저, 그러니까 저를 길드에 넣고 싶다는 말씀이십니까?"

"그래, 머리도 제법 굴러가는 것 같고 실력도 그럭저럭 괜찮으니 써먹기엔 충분하지."

"제게 선택권은 없는 겁니까?"

"응."

백현준은 쓴웃음을 지었다.

"앞으로 잘 부탁드립니다."

"오냐."

적시운은 비슷한 식으로 옛 특무부 요원들을 길드에 영입했다. 말만 영입이지 사실상 강제로 차출한 것이나 다름없었다.

그렇다고 마구잡이로 아무나 받아들인 것도 아니었다. 우선은 최저 B랭크 이상, 요원 경력 3년 이상이라는 기준을 두었다. 그리고 이를 통과한 이들만을 길드원으로 들였다.

결과적으로 과천 특구에 소속되어 있던 사이킥 중 핵심 멤버는 죄다 데몬 오더로 옮겨가게 되었다.

순전히 반강제적으로.

"걔들 관리는 차수정한테 맡길 겁니다. 경력도 꽤 되고 능력은 원톱이니 적임이죠."

"으음."

김무원은 할 말을 잃은 채 리스트를 읽어 내렸다. 리스트라 해봐야 대강 휘갈겨진 이름 목록. 각 이름의 오른쪽엔 다양한 필체의 사인, 혹은 지장이 찍혀 있었다.

"다들 불만 하나 없이 여기에 서명했단 말인가?"

"불만이 없진 않았죠. 지금은 없겠지만."

"그게 무슨 말인가?"

"부장님 상상에 맡기겠습니다."

"……."

"어쨌든 여기에 부장님께서 적당한 직함으로 한자리 맡아 주시면 그럭저럭 모양새가 갖춰질 것 같습니다."

"내가?"

"예, 어차피 하는 일도 딱히 없잖습니까?"

김무원이 난감한 표정을 했다.

"권 시장 측에서 난색을 표할 텐데."

"표하지 못하게 하면 됩니다."

"어떻게?"

"지금부터 생각하셔야죠."

"누가 말인가?"

"물론 부장님이죠."

김무원은 아연한 얼굴로 적시운을 바라봤다.

"자네가 이번에 빼간 이들은 전원 과천 특구 수비대에 소속되어 있네. 알고는 있는 건가?"

"결국은 직함만 바뀌는 거잖습니까. 데몬 오더 소속으로."

"저쪽에서도 그렇게 받아들일 것 같은가?"

"받아들이게 만들어야죠."

"어떻게?"

"생각하셔야죠."

"내가 말인가?"

적시운은 고개를 끄덕였다.

김무원은 흘러나오는 한숨을 애써 참았다.

"알고 있는지 모르겠네만, 한국 정부로부터 축출당한 요원들을 수습하는 데에 KP그룹이 쏟아부은 금액만 천문학적 수준일세. 요원들을 빼내려면 응당 그에 상응하는 대가를 치러야 할 것이야."

"치르면 되죠."

"그게 말처럼……!"

"부장님."

적시운은 냉정한 어조로 김무원의 말을 잘랐다.

"지금부터 부장님은 데몬 오더 길드의 상임 고문 겸 대변인입니다."

"……뭐라고 했나, 지금?"

"지원은 뭐든 해드릴 테니 능력껏 권창수 쪽 불만을 잠재워 주십쇼."

한순간에 그럴싸한 직함이 생겨났다.

어안이 벙벙해진 김무원이 이내 쓴웃음을 지었다.

"이미 나도 한패라는 건가?"

"오래전부터였죠. 저를 신북경에 보내기로 결정한 순간부터요."

"……그렇군. 그랬었지."

"그것 말고도 부장님은 제게 빚을 지셨습니다. 저와 만나지 않았다면 살아서 이곳에 도착하지 못했을 거라는 것, 알고 계실 거라 믿습니다."

"으음."

침음을 흘리는 김무원.

적시운의 말대로였다. 혼자서는 신서울 탈출은커녕 자택 밖으로 멀리 달아나지도 못했을 것이었다.

사실 적시운과의 약속을 지키지 못했다는 것만으로도 김무원은 크나큰 마음의 짐을 지니고 있었다. 이런 일로나마 그 짐을 덜어낼 수 있다면 환영할 일이었다.

"알겠네. 권 시장 측의 불만은 내가 어떻게든 가라앉히겠네."

"그럼 믿고 맡기겠습니다."

이로써 요원 출신 길드원의 모집이 마무리됐다.

아마 그중 태반은 뭐가 어떻게 돌아가는지도 모르고 있을 터였다.

'그다음은…….'

용병 및 마수 사냥꾼을 대상으로 길드원 모집을 실시하는 게 일반적이긴 했다.

하지만 적시운은 그 과정을 넘어가기로 했다. 요원 출신만으로도 당장 채워야 할 숫자는 충분했던 것이다. 게다가 지금은 양보다는 질을 신경 써야 할 때였다. 시작부터 소수 정예를 표방했던 데몬 오더인 만큼 내실을 다지는 게 보다 중요했다.

'결론은 수련이라는 건데.'

적시운의 가족들은 아직 수련에 임할 단계가 아니었다. 지금은 그저 차분히 시간을 들여 호흡법을 익히는 게 중요했다.

헨리에타 일행 또한 상황이 비슷했다. 각 심법에 맞는 기초 무공을 전수한 후 반복 수련을 시키면 그만이었다. 그렇게 소거법을 적용하고 나니 남는 것은 하나였다.

[자네로군.]

'그러게.'

[효율을 따져 보더라도 정답이긴 하네. 골머리 싸매며 어중이 떠중이들을 키우느니 자네가 좀 더 강해지는 편이 빠르고 확실하지.]

그러고 보면 태평양을 건너온 이래 개인 수련에는 거의 시간을 쏟지 못했었다. 실전을 몇 차례 치르긴 했지만 대부분 워밍업을 벗어나지 못했고.

'차라리 잘된 건지도 모르겠다.'

여유가 많다고는 할 수 없었다. 하지만 여기서 시간이 더

흐른다면 한층 눈코 뜰 새 없이 바빠질 터였다. 수련을 한다면 바로 지금이 그나마 적기라고 할 수 있었다.

그렇다면 그 방법은?

"……."

짤막한 고민 뒤로 결심을 내린 적시운이 발걸음을 옮겼다.

"인천에 다녀오겠다고?"

"네, 정확히는 당분간 그쪽으로 출퇴근할 생각이에요."

"출퇴근이라니?"

임하영은 잘 모르겠다는 표정이었다.

그럴 만도 한 게, 인천은 대(對)마수 전쟁 초창기에 초토화되었던 것이다.

바다는 마수들의 홈그라운드.

놈들의 광란이 잦아든 지금도 그 사실만큼은 변하지 않았다.

바다와 인접한 도시들은 자연히 죽음의 땅으로 변해버렸다. 당장 대한민국만 해도 부산을 제외한 모든 항구 도시가 소멸한 뒤였다. 그나마 부산도 해안 지역은 싹 쓸렸고.

그중에서도 가장 심각한 곳이 인천. 적시운이 방문하고자 하는 곳이었다.

6

"네가 하려는 일이니 필시 그만한 이유가 있겠지."

임하영은 부드럽게 웃었다.

"그래도 가능하다면 자세히 설명해 줄 수 있겠니?"

"물론이죠."

두어 번 헛기침을 한 적시운이 말했다.

"목적은 크게 셋이에요. 일단 하나는 저와 애들 훈련이고요."

"애들이라면, 네 동료들 말이니?"

"부하들이죠, 정확히는."

"시운아."

"예, 동료들이요. 그리고 다른 하나는 코어 수집이에요. 아포칼립틱 코어는 일단 많아서 나쁠 게 없는 물건이니까요."

코어가 귀한 것이야 임하영도 잘 알고 있었다.

그것이 귀한 이유 또한.

"위험하지는 않겠니?"

"약간은요. 그래서 출퇴근한다는 거예요. 인천에 가 있는 동안에도 통신 채널은 항상 열어둘 생각이고요. 부…… 동료들을 2개 조로 나눠서 한쪽은 여기 남겨두면 최소한의 방비는 되겠죠."

"우리 말고 네가 위험하지 않겠느냐는 말이었어."

"저야 뭐."

적시운은 담담한 웃음으로 대답을 대신했다.

"선배는 이 상황이 이해가 됩니까?"

5층 건물의 복도.

자판기에서 뽑은 커피를 든 두 사내가 벽을 등지고 서 있었다. 건물은 과천 측에서 내준 길드 아지트였고 두 사람은 그 소속이었다. 정작 당사자들은 전혀 실감이 나지 않았지만.

"이해 못 할 건 뭔데?"

"하루아침에 웬 듣도 보도 못한 길드의 졸병이 된 거잖습니까. 이게 말이 되냐고요."

여드름투성이 후배의 말에 백현준은 어깨를 으쓱했다.

"인사 발령 났다고 생각하면 되지. 공무원 시절에도 있던 일이잖아."

"이렇게 막 나가는 인사 발령이 세상에 어딨답니까? 게다가 길드원이 됐다는데, 그럼 더 이상 수비대 소속이 아니란 거잖아요."

"어쨌든 지장 찍었잖아? 그럼 너도 동의한 거 아니냐?"

"동의요? 순찰 중인데 갑자기 와선 막무가내로 찍게 만들었다고요."

"순찰은 개뿔. 또 오락실 가서 슬롯이나 땡겼겠지."

여드름 면상이 움찔했다.

백현준은 그 반응에 쯧 하고 혀를 찼다.

"그 양반이 어떻게 너 있는 데를 찾아서 갔을 거라고 생각하나?"

"선배가 꼬발랐습니까?"

"너 미쳤냐?"

노려보는 서슬에 여드름이 움찔했다.

"죄송합다."

"응, 나도 미안."

"네?"

"꼬바른 거 맞다고."

백현준이 씩 웃으며 말했다.

여드름은 고개를 살짝 숙이고서 구시렁거렸다.

"불지 않으면 좀 아플 거라는데 어쩌겠냐? 그리고 내가 안불었어도 누군가는 말했을 거야."

"하……."

"그건 제쳐 두고, 어쨌든 네가 지장을 찍기는 찍은 거잖아."

"아니, 그게……."

"개기려다가 한 방 먹었겠지. 안 그래?"

여드름이 무안해진 얼굴로 입맛을 다셨다.

"안 찍으면 배때기에 바람구멍 날 것 같던데요. 대체 그 작자는 뭐랍니까?"

"우리 선배. 차 선배보다 몇 기수 위라던데."

"차 선배라면 그 차수정이요?"

"응, 그 차수정."

백현준의 목소리가 아니었다.

화들짝 놀란 여드름이 그대로 얼어붙었다.

"앞으로 너희를 담당하게 될 거야."

차수정이 빙긋 웃으며 말했다.

여드름이 표정만으로 백현준에게 항의했다. 왜 미리 말하지 않았느냐고.

백현준은 무언의 항의를 가볍게 묵살하고서 웃었다.

"감투 하나 거하게 쓰셨나 보네요?"

"부길마. 결국은 너희 관리하라는 뜻이겠지."

"선배도 지장 찍으셨습니까?"

차수정의 볼이 희미하게 상기됐다. 어지간한 눈썰미가 아니고서는 알아보기 어려운 수준이었지만.

"응, 그래."

"그럼 다 같이 사기 계약에 낚인 신세가 된 거네요. 근데 그 계약서란 거, 효력은 있는 겁니까?"

"법적으로는 없겠지. 지금의 과천은 법 자체가 무의미한 곳이고."

"제대로 얽혔다는 거네요, 우리."

"너무 징징대지 않아도 될 거야. 시운 선배, 그렇게까지 나쁜 사람은 아니니까."

"완장 차셨다고 벌써부터 편드시는 겁니까?"

차수정은 피식 웃고는 여드름의 머리에 손을 얹었다. 질린 채 서 있던 여드름이 크게 움찔했다.

"너, 이름이랑 기수는?"

"예?"

"예에?"

"죄, 죄송합니다! 박수동! 특수전력 사관학교 43기입니다!"

"요즘 세상 참 좋아졌네. 40줄 애들도 근무 중에 놀러 가서 슬롯이나 땡기고."

"그, 그게……."

"물론 내가 간섭할 일은 아니긴 해. 너희도 더 이상은 국가공무원이 아니고 나도 너희 상관이 아니었으니까. 하지만 앞으로는 얘기가 좀 다를 거야."

"……."

"박수동이라고 했지? 앞으로 지켜보겠어."

"예, 옙!"

차려 자세를 취한 박수동이 목청껏 소리쳤다.

차수정은 빙긋 웃고서 두 사람을 지나쳐 걸어갔다.

백현준은 감탄한 얼굴로 그 뒷모습을 바라봤다.

"벌써부터 군기를 잡으려고 하네. 저 여왕님 성격이랑은 안 맞는데."

"왜 미리 말씀 안 해주셨습니까?"

"응? 뭐가?"

"다가오고 있다고 눈치라도 주셨으면 입 다물고 있었을 거잖습니까."

억울함 가득한 박수동을 보며 백현준은 진지한 표정을 지었다.

"그게 더 재밌잖아."

"저 멍청이들."

차수정은 나직이 한숨을 쉬었다. 저런 녀석들을 데리고 어떻게 길드를 운영해 나갈지 벌써부터 골이 지끈거렸다.

사실 어느 정도는 이해가 갔다.

이곳, 과천 특구에 자리 잡은 특무요원들은 기본적으로 쫓겨난 자들. 기득권의 눈 밖에 나 내쳐진 이들이었다. 체계적인 위계질서 같은 게 존재할 리 없었다.

'하지만 이제는 아냐.'

과정이야 어떻든 길드는 설립되었다. 그리고 차수정은 부길마에 임명됐다. 그렇게 된 이상 자신의 위치에서 최선을 다하는 게 도리였다.

'반드시 데몬 오더를 한국 최고의 길드로 만들고야 말겠어.'

후다닥!

무언가가 복도를 가로질러 그녀에게로 쇄도했다.

"……!"

하마터면 복도 전체를 얼려 버릴 뻔했다.

힘을 발산하기 직전에 차수정은 가까스로 자신을 억제할 수 있었다.

"사냥개?"

곳곳에 솜털이 남아 있는 걸로 봐선 강아지에 가까워 보였다. 그럼에도 몸집이 상당한 걸로 봐선 대형견인 모양.

"저 똥개가!"

금발의 여성이 씩씩거리며 복도 모퉁이를 돌아 나왔다.

차수정을 스쳐 지나간 개는 어느새 반대편 모퉁이를 돌아

사라졌다.

"너 이 자식! 돌아오기만 해봐. 개죽을 끓여 먹을 테다!"

금발 여성이 대검을 뽑아 들고 고래고래 소리쳤다. 할 말을 잃은 차수정이 그녀를 멍하니 바라봤다. 둘의 시선이 순간 교차했다.

"그쪽, 시운 님의 후배였지? 어, 이름이……."

"차수정. 당신은 밀리아 볼튼일 테고."

"어떻게 알았어?"

"인적 조사쯤은 기본이니까. 그런데 대체 뭐 하는 거지?"

"비상식량이 비상식량을 다 먹어 치웠지 뭐야. 그래서 오늘 아주 버릇을 고쳐 놓으려 했지."

차수정은 통역 장치가 고장이 난 게 아닌가 하고 고민했다.

밀리아가 뒤늦게 탄성을 뱉었다.

"아, 비상식량은 그 녀석 이름이야."

"그 녀석?"

"똥개 말이야. 저 다이어 울프 녀석."

차수정의 입이 살짝 벌어졌다.

"저거, 다이어 울프의 새끼였어?"

"응, 시운 님이 거둬서 키우시는 중이지."

"그런데 비상식량을 먹어 치웠다니?"

"얘기 못 들었어? 오늘부터 어디로 사냥 나가신다던데."

차수정은 일단 적시운부터 찾기로 했다. 밀리아에게 캐묻느니 그 편이 이해하기 편할 듯했다.

오래 헤맬 것 없이 길드 마스터의 집무실에 도착할 수 있었다.

문을 열고 들어서니 배낭을 어깨에 걸친 적시운이 보였다.

"선배님? 아, 아니, 길드장님?"

"응."

"사냥을 나가신다고요?"

"그래, 인천으로."

차수정의 입이 한층 벌어졌다.

다른 곳도 아니고 하필 인천이라니?

"길드원은 얼마나……."

"됐어. 애들 몇 명만 데리고 갈 생각이야. 어차피 지금 데려가 봐야 말도 들어먹지 않을 테고."

"인천은 너무 위험하지 않을까요? 상위 마수들 때문에 기갑 사단도 그곳은 피할 정도인데요."

"그러니 좋은 거지. 방해받을 염려가 없다는 거잖아. 너도 준비해 둬."

"저도요?"

"응, A랭크 이능력자씩이나 되는 전력을 썩힐 필요는 없지 않겠어?"

"하지만, 저는……."

"요원 출신 애들 정리는 김 부장님한테 맡기면 돼. 괜히 걔들 군기 잡느라 스트레스받을 필요는 없잖아?"

차수정의 얼굴이 순간 붉어졌다.

"……엿들으셨어요?"

"무엇을?"

"아, 아무것도 아니에요."

물끄러미 그녀를 바라보던 적시운이 말했다.

"엿들은 건 아니고 네 성격상 그럴 것 같다고 생각했어. 보아하니 내 생각이 옳았나 보군."

"……."

"어쨌든 준비 다 되면 내려와. 딱히 준비할 거리도 없다고 생각되지만."

"저, 선배님!"

지나쳐 가는 적시운을 향해 차수정이 소리쳤다.

적시운이 고개를 돌리니 그녀가 시선을 피한 채로 말했다.

"나중에 말씀해 주신다고 하셨었죠? 수혁이의 치료 방법에 대해서요."

"그랬지. 사실 이번 사냥, 네 동생하고도 관련이 있어."

차수정이 홱 고개를 쳐들었다.

"정말인가요?"

"응, 네 동생을 치료하려면 적잖은 양의 코어가 필요할 테니까."

아포칼립틱 코어의 가치는 대한민국이라 하여 다를 게 없었다.

다만 한국 내에 거래되는 코어의 양과 질은 북미 제국의 그것에 비해 한참 떨어지는 편이었다.

마수 사냥꾼의 질이 더 낮은 것은 물론, 정부 측의 시장 통제가 보다 심하다는 게 가장 큰 요인이었다.

소위 노다지라 불리는 안정적인 사냥터는 모조리 정부 소유.

그로부터 발생하는 막대한 부가 어디로 향하는지는 내각 의원들만이 알고 있을 터였다.

민간인 헌터들에게 주어지는 선택지는 결국 두 가지였다.

변변한 코어조차 뱉지 못하는 중하위권 마수를 사냥해 연명하거나, 죽음을 각오하고 해안으로 향하거나.

인천은 그중에서도 독보적인 죽음의 땅이라 할 수 있었다.

하지만 향할 수밖에 없었다.

적시운의 말대로라면.

"수혁를 완치시키려면 코어가 어느 정도나 필요할까요?"

"글쎄. 어쨌든 있는 대로 수거할 생각이니 부족할 일은 없을 거야."

멍하니 고개를 끄덕이는 차수정. 적시운이 피식 웃었다.

"이제 좀 의욕이 생겨?"

"……네!"

마수들의 준동은 갑작스럽게 이루어졌다.

적도를 가로지르는 블랙링이 떠오른 이후 세상 곳곳에 게이트가 열렸다.

전 세계가 전장이 되었다.

광란에 가까운 마수들의 난립 속에 수많은 국가가 스러졌다.

북한 또한 그중 하나.

덕분에 한국군 또한 하루아침에 주적을 잃었다.

가까스로 전쟁에서 살아남은 대한민국 정부는 한국군에 대대적인 변혁을 시도했다. 어떻게든 살아남기 위한 나름의 조치였다.

가장 핵심적인 변화는 두 가지. 양적 축소와 대대적인 기갑화였다.

21세기에 최대 60만에 달했던 병력은 10분의 1인 6만 명으로 줄었다.

대신 1만 대의 기간틱 아머를 보급함으로써 보병 전력을 강화시켰다.

그중 절반, 무려 5천 기의 아머를 보유한 사단이 바로 육군 2사단이었다.

기반 지역은 충청남도 논산. 옛 천안의 지하에 위치한 신서울 지하 도시보다 남쪽이었다.

그러한 2사단 병력이 지금 북진을 시작했다. 정부로부터 내려온 새로운 명령을 따라서.

## 7

대한민국 육군이 움직이기 시작했다.

그 여파는 결코 작지 않았다.

특히나 과천 지상 특구 측으로서는 그 누구보다도 긴장할 수밖에 없었다.

한데 그 목적이란 게 예상외였다.

"목적지가 경기도 북단이라니, 그게 무슨 뜻입니까?"

"문자 그대로입니다. 정확히는 북위 38도와 39도 사이의 한 지점을 목적지로 하고 있습니다."

김무원은 얼떨떨한 얼굴로 한동안 말이 없었다.

"그 말씀, 틀림없는 사실이오? 만약 우리를 기만하기 위한 거짓 정보라면……."

"믿을 수 있는 내부자로부터의 정보입니다. 거짓일 가능성은 없다고 단언할 수 있습니다."

"38도와 39도 사이라면 옛 휴전선 너머잖소?"

"예."

권창수는 고개를 끄덕였다.

"과거 북한의 영토였으며 지금은 버려진 땅이지요."

"그곳으로 병력을 움직인다는 건 대체……?"

"군이 움직인다면 이유는 하나뿐이지요."

"마수 말씀이로군."

"그 이상입니다."

권창수가 쓴웃음을 짓고서 말했다.

"황해도 북부, 임진강 상류의 황강댐 부근으로 추정되는 장소에서 강렬한 에너지 반응이 감지되었습니다."

"설마……!"

"군 당국은 이번 에너지 반응을 게이트의 전조로 생각 중인 모양입니다."

2사단 기갑 부대의 준동.

그 내막은 중화당으로도 자연스레 흘러들어 갔다.

평소라면 그냥 그러려니 하고 넘겼을 테지만 이번만큼은 얘기가 달랐다.

"한국군이 움직였소. 최소 네 자릿수의 기갑 보병 부대가 북진을 시작했더군."

딸랑거리는 풍경(風磬) 소리만이 은은하게 퍼져 나가는 누각.

찻상을 앞에 두고 마주 앉은 두 사내의 태도는 차분했다.

"목적은?"

"마수 격멸. 들자 하니 조선반도 서북부에서 게이트의 전조로 추정되는 에너지 반응이 나타난 모양이오."

"조선반도 서북부?"

"옛 조선 민주주의 인민공화국의 영토요. 발해만(勃海灣) 너머의 땅이지."

"흐음."

거구의 사내가 찻잔을 내려놓았다.

"정말 그럴지는 알 수 없는 일이지."

"알 수 없다?"

"마수 토벌이란 그저 표면적 사유에 불과할지도 모른다는 뜻이오."

"본 목적은 역시 적시운일 거란 말씀이군."

"어쩌면 우리일지도 모르고 말이오."

"우리라 하셨소?"

"한국 놈들도 머저리는 아닐 터. 이 모든 사태의 배후에 우리가 있으리란 생각쯤은 하고 있을 것이오."

"정확히는 '우리'가 아니지 않소? 그 일은 당신들 천무맹이 주도한 것이었으니."

"그리고 당신이 승인했지, 주석."

중화당 주석 심인평, 그리고 천무맹주 백진율. 두 사내 모두 입가에 엷은 미소를 띠고 있었다.

그러나 둘 중 어느 누구도 이것이 평화로운 대담이라고는 생각하지 않았다.

"그 얘기는 관둡시다. 여하간 맹주께선 적시운 그자에게 꽤나 관심이 있는 듯하오만."

"흠."

"원하신다면 한국 정부로 하여금 그를 내버려 두게 할 수도 있소."

백진율의 미소가 한층 선명해졌다.

"한국 정부는 중화당의 발아래에 있다, 그런 말씀으로 들리는군."

"딱히 틀린 얘기는 아니잖소?"

"그렇긴 하지."

짤막한 문답을 뒤로한 채 대화가 잠시 중단됐다.

두 사람은 차향을 음미하며 머릿속을 정리했다.

백진율이 입을 열었다.

"기갑 부대의 수가 네 자릿수라 하셨소?"

"한국 육군 2사단 기갑 보병의 총병력이 5천이오. 그 전부가 움직이진 않았을 터. 우리 정보국의 계산으로는 최소 1천에서 2천 사이로 추정되오."

"추정 범위가 꽤나 넓은 것 같소만."

"조선반도엔 산지가 많아 위성 관측만 가지고는 정확한 병력 산출이 어렵소."

백진율은 고개를 끄덕였다.

"최소한이라 가정하더라도 도시 하나를 초토화하기엔 넘치고도 남을 병력이군."

"그렇소."

"고수라고는 하나 단 한 명에 불과한 무인을 잡기 위한 병력이라기엔 지나치게 많고 말이오."

다양한 형태의 방어 대책이 마련된 이능력과 달리, 내공이란 에너지를 무효화시킬 과학적 수단은 개발되지 않았다.

가장 확실한 방법은 동일한 내공으로서 상쇄시키는 것.

그게 아닌 이상은 그저 물리력으로 맞서는 수밖에 없었다.

때문에 기간틱 아머를 중심으로 한 기갑 부대는 무인들을 상대하는 데 있어 가장 현실적인 대안이었다.

중화당 역시 그것을 잘 알기에 기갑 전력 개발에 투자를 아끼지 않았다.

천무맹은 그것을 알면서도 묵인하는 상황이었고.

위태로운 오월동주의 관계.

그들은 가장 든든한 우군이면서도 가장 위험한 적수였다.

"천 단위의 기간틱 아머는 결코 적지 않은 숫자요. 대단한 무위를 지닌 고수라 하더라도 홀로 맞상대하기란 불가능할 것이오."

말을 꺼낸 심인평이 곧장 덧붙였다.

"물론 맹주와 같은 초인이라면 얘기가 다르겠지만."

"후후."

백진율이 소리 내어 웃었다.

마치 네 속을 모조리 꿰고 있다는 듯한 웃음소리에 심인평의 등줄기가 오싹했다.

"세상일이란 모르는 법이지. 나라고 해서 전지전능하진 않으니 말이오."

"……여하간 맹주께서 원하신다면 그들을 멈춰 세울 수도 있소. 혹은 짤막하게나마 시간을 벌 수도 있고."

"왜 내가 그걸 원하리라 생각하시오?"

"궁금할 테니까."

심인평은 딱 잘라 말했다.

"적시운은 천무맹을 제외하면 거의 최초로 등장한 무공을 사용하는 인간이잖소. 무백노사의 말로는 천무맹의 무공도 아니라는데, 응당 맹주께서 관심을 둘 거라 생각하오만."

"흥미가 없지는 않으나 집착할 수준 또한 결코 아니외다. 굳이 나 하나의 흥미를 충족시키자고 국가의 일에 간섭하고 싶지는 않군."

"그렇게 말씀하신다면야……."

두 사람은 다시금 차향을 음미했다.

그 와중에도 머릿속은 서로의 생각을 읽어내느라 분주했다.

'누구보다도 관심이 많으면서 애써 무관심한 척하는군. 대체 그 이유가 무엇이냐?'

'너야말로. 나를 위하는 척하며 일을 추진하려는 저의가 뭐지?'

서로를 향한 무언의 질문. 무심을 가장한 눈빛만이 허공에서 어지러이 얽혔다.

"차향이 무척이나 깔끔하구려."

"노사가 정성 들여 가꾼 찻잎이오. 신양모첨이라고 불리는 것 같더군."

"그렇군."

심인평이 찻잔을 내려놓았다. 정작 찻물은 한 모금도 입에 대지 않았다. 지껄인 얘기들도 알맹이 없는 사담에 불과했다.

"일어서기 전에 하나만 물어봐도 되겠소?"

"물어보시구려."

"이미 천무맹 내에서 손을 써둔 것이오? 적시운 그자에게 말이오."

두 사람의 시선이 허공에서 부딪쳤다.

세계 최강을 자처하는 무인과 권력자가 각자의 눈동자에 비쳤다.

그러기를 잠시. 이내 백진율의 입매가 미묘하게 비틀렸다.

"글쎄. 잘 모르겠군. 잡다한 업무는 모두 노사의 일인지라."

"후, 그렇소?"

심인평이 웃으며 자리에서 일어났다.

"건투를 빌겠노라고 노사께 전해주시오. 너무 무리하지는 말라는 말도 함께."

"음."

"말씀대로 한국 정부엔 별다른 제재를 가하지 않으리다."

몸을 돌린 심인평이 나직하게 덧붙였다.

"일단은."

2사단 북진의 소식은 적시운의 귀에도 들어갔다.

"네 자릿수의 기간틱 아머란 말이지?"

"네, 뉴스에서는 사단 규모 훈련이라고 말하고 있지만 실상은 전혀 아니겠죠."

차수정은 하얗게 질린 얼굴로 속삭였다.

"지금이라도 과천으로 돌아가야 해요, 선배님⋯⋯!"

"여기까지 왔는데?"

푸른 하늘이 폐허 위로 펼쳐져 있었다.

군데군데 아스팔트가 벗겨진 도로. 그 위로 구부러지고 빛바랜 간판들이 비석처럼 세워져 있었다.

버려진 땅.

오래된 옛 이름은 인천광역시. 그중에서도 한때 남동구라 불렸던 구역이었다.

"여기서 과천까지는 20㎞밖에 떨어지지 않았어. 마음만 먹으면 언제든 돌아갈 수 있으니 걱정하지 마."

"그래도 미리 돌아가서 대비를 해야 하지 않겠어요?"

"어떻게 대비할 생각인데?"

차수정은 순간 말문이 막힐 뻔했다.

"그, 그야⋯⋯ 수비대 병력을 재편하고 마수 사냥꾼과 용병들을 최대한 고용한다면…….”

“급조한 병력으로 막아낼 만큼 수천여 기의 기간틱 아머
는 만만하지 않아. 내가 기억하고 있는 한국군 그대로라면
말이지.”

“그럼 두 손 놓고 가만히 앉아 당하고 있자는 거예요?”

“아니, 확실치 않은 정보에 낚여 허둥거리진 말자는 거지.”

적시운은 고개를 돌렸다. 얼마 떨어지지 않은 위치에 헨리
에타와 적수린이 앉아 있었다. 연신 소총을 짚으며 대화하는
걸 보면 사격술에 대한 이야기인 모양. 주로 헨리에타가 설
명하고 적수린이 귀를 종긋 세우고서 경청하는 식이었다.

“한국 정부는 딜레마에 빠져 있어.”

적시운이 말했다.

“내가 과천에 있으리란 심증은 확고하겠지만 물증은 없
지. 공식적으로 과천 특구는 나와 아무 관련도 없다는 소
리야.”

“그건 그렇지만…….”

“강제로 과천을 침공하는 것도 가능하기야 하겠지. 하지
만 그래선 얻는 것보다 잃는 게 커. 아무리 막장이 되어버린
세계라지만 정부군이 자국 도시를 공격한다는 건 맨정신으
로는 상상할 수도 없는 일이잖아?”

차수정은 느릿하게 고개를 끄덕였다. 기실 그녀가 보기에

도 과천 공격은 정부에 있어 득보다 실이 훨씬 커 보였다.

"그러니 놈들이 수를 쓴다면 전면전보다는 특수전을 택할 가능성이 높지."

"암살 말이군요."

"응, 그리고 황해도 쪽 소식은 거짓이 아닐 가능성이 높아."

"그렇게 확신하시는 이유라도 있나요?"

"하늘이 유달리 맑잖아."

적시운의 눈빛이 깊어졌다.

"그날에도 그랬었거든."

"그날이라뇨?"

"신서울 남부에 게이트가 열렸던 날."

"아……."

지금도 기록으로 남아 있는 구울 무리의 습격. 신서울 지하 도시 내부까지 마수가 침투한 몇 안 되는 사례 중 하나였다.

당시의 사상자는 수백 명. 민간인 밀집 구역이 공격당한 것이 치명적이었다.

적세연이 다니던 고등학교 또한 그 타깃 중 하나였다.

"뭐, 내 느낌이 빗나간 걸지도 모르지만."

적시운이 농담조로 말했다.

"높으신 분들이 정말 회까닥 돌아서 막 나가기로 작정했을 가능성도 아예 없진 않겠지."

"정말 그런 거라면…… 어떻게 하실 거죠?"

"싸워야지."

적시운은 담담히 말했다.

"이제 더 이상은 도망치거나 피하지 않을 거야."

"……"

"가자. 좀 더 서쪽으로 이동해야겠어."

적시운이 자리에서 일어났다. 차수정 또한 결의에 찬 얼굴로 일어섰다.

첫 전투가 벌어진 것은 30분 뒤의 일이었다.

인천 남구로 접어드는 지점.

적시운은 그곳에서 마수의 기운을 감지했다.

잔챙이가 아니었다.

뮤턴트 사이클롭스(Mutant Cyclops).

A랭크의 중형 마수였다.

"내가 탱킹할 테니 누나와 헨리에타가 딜을 맡아. 차수정은 빙결 능력으로 적절히 견제해 주고."

스릉.

운철검을 뽑아 든 적시운이 저벅저벅 걸어갔다.

"제한 시간은 10분. 시간 넘기면 그냥 내가 해치울 거야."

"그 전에 잡으면?"

"칭찬해 주지."

"치, 그게 뭐야."

시큰둥하니 대꾸하는 헨리에타. 반면 차수정은 의욕이 넘쳐흘렀다.

동생을 위해선 최대한 많은 마수를 잡아야만 하는 입장. 칭찬 때문이 아니더라도 그녀가 불타오를 이유는 충분했다.

그리고 적수린은 새하얗게 질린 얼굴이었다.

"자, 잠깐. 나한텐 C등급 마수도 벅차단 말이야."

"일단은 사격 연습을 한다고 생각하세요. 수린 언니는 그 정도만 해주셔도 충분해요."

"……그거, 별 도움이 안 될 테니 좋을 대로 하라는 뜻이지?"

"후후, 따라오세요."

빙긋 웃은 헨리에타가 폐건물 옥상으로 그녀를 이끌었다.

사이클롭스 쪽으로 향하는 적시운 또한 태연한 기색이었다. 마치 소풍과도 같은 사냥.

옛 인천의 시가지에 격변이 시작되는 순간이었다.

[주의. 주의. 인체에 유해한 방사능이 감지됩니다.]

오랜만에 듣는 미네르바의 경고음.

모니터에 표시되는 가이거 카운터의 바늘이 사시나무처럼 떨리고 있었다.

일행 모두 방호용 아티팩트를 착용했기에 위험하진 않았다.

그래도 주의할 필요는 있었다. 방사능은 마수들에게 있어 아나볼릭 스테로이드와 같았기에.

한때는 인간의 영토였으나 지금은 그들의 땅. 그곳에서 처음으로 조우한 중형 마수가 눈앞에 있었다.

크그그그!

적시운을 발견한 뮤턴트 사이클롭스가 기괴한 소리를 냈다. 성인 머리통만 한 눈알이 사방을 훑다가 한 방향으로 고정됐다.

500m가량 떨어진 건물 옥상.

헨리에타와 적수린이 자리를 잡고 있었다.

"우릴 봤네요."

"정말이야?"

"보세요, 언니. 지금도 응시하고 있으니까요."

적수린은 반파된 벽에 기댄 채 고개를 살짝 내밀었다.

정작 뮤턴트 사이클롭스는 개미만 한 크기로 보였다. 이쪽을 바라보고 있는지 확인한다는 게 가능키나 한지 의아할 지경. 새삼 자신과 헨리에타의 격차가 느껴졌다.

"만약 우리를 노리려는 거라면 위험하지 않을까?"

"아마 그렇겠죠. 제가 아는 놈의 사정거리는 1㎞ 가까이 되거든요."

"1킬로미터?"

"네, 유효사거리는 그보다 짧겠지만."

적수린은 마른침을 삼켰다.

"그런데도 식은땀 하나 흘리지 않는구나, 헨리에타."

"저도 혼자였으면 벌벌 떨고 있었을 거예요."

"정말?"

"네, 사실 우리 중에서도 혼자 A급 마수를 상대할 수 있는 건 적시운밖에 없어요."

헨리에타의 시선이 살짝 옆으로 미끄러졌다.

"저 여자도 어쩌면 가능할지 모르겠지만."

적시운과는 약간 떨어진 방향. 차수정이 한결 신중한 걸음으로 뮤턴트 사이클롭스에게 다가가고 있었다.

"A랭크 빙한술사……."

이미 A랭크만 되어도 초인이라 불리기에 충분하다.

APS, 즉 안티 사이킥 시스템이 갖춰지지 않은 상황이라면 능히 홀로 1개 기갑 중대를 감당하고도 남았다. 그런 차수정조차 긴장한 기색이 역력하다. 한데 적시운의 걸음걸이는 여전히 태평했다.

스윽.

뮤턴트 사이클롭스가 콘크리트 덩어리를 들어 올렸다.

아마도 그것을 던질 거라고 모두가 생각하는 찰나…….

콰드득!

입으로 가져가서는 씹어 먹기 시작했다.

"저거, 원래 저런 놈이야?"

"제가 아는 바로는 그렇지 않아요. 다만 뮤턴트 계열 마수들은 방사능의 영향에 따라 특이한 방향으로 진화하기도 하니……."

"저게 진화한 개체일 수도 있다는 거네?"

"네, 진화 방향은 말 그대로 무한대라 기록되어 있지 않은 형태나 전투 방식을 보이기도 하거든요."

"지금처럼?"

쾅!

두 다리를 벌리고 선 뮤턴트 사이클롭스가 돌연 양팔을 뻗었다. 입안에선 이제 찌꺼기만 남은 콘크리트 파편들이 갈리고 있었다.

쩌저적!

정면으로 뻗은 팔 위로 비늘 형태의 돌기들이 곤두섰다. 마치 다연장로켓의 덮개가 열리는 듯한 모습.

뮤턴트 사이클롭스의 팔뚝이 불끈거렸다. 꼭지를 튼 소방 호스가 출렁대듯 체내의 무언가가 팔을 타고 이동했다.

"뭔가를 발사하려고 해요!"

차수정이 소리친 순간, 마수의 양팔이 거세게 요동쳤다.

드르르륵!

가루를 낸 콘크리트 조각을 체내에서 재구성, 투사체로 만들어서 발사한다. 양팔은 기관총의 총신 역할을 하는 셈. 일반적인 사이클롭스의 특징을 벗어난 방식이었다.

차수정이 홱 고개를 돌렸다. 팔이 뻗은 방향으로 보건대 놈이 노리는 것은 적수린과 헨리에타. 만약 사격의 정확도가 상당한 수준이라면…….

하나, 투사체가 건물을 강타하는 일은 없었다. 벼락처럼 튀어 오른 신형이 투사체의 궤도를 가로막았던 것이다.

타타탕!

허공에서 불꽃이 튀었다. 박살 난 콘크리트 가루가 어지러이 흩어졌다.

후드드득…….

자욱한 먼지가 사라지고 난 뒤에야 차수정은 비로소 안도의 한숨을 내쉬었다.

"탱킹한다고 했잖아."

타앙!

짤막히 대꾸하는 적시운의 귓불 옆으로 그려지는 궤적.

적시운을 지나쳐 간 탄환이 뮤턴트 사이클롭스의 목젖을 때렸다.

크그그극!

방탄 타이어에 필적하는 가죽의 내구성 덕택에 탄환은 그대로 튕겨 나갔다. 그래도 뮤턴트 사이클롭스의 분노를 부채질하기엔 충분했다.

적시운은 혀를 찼다.

"하마터면 날 맞힐 뻔했잖아."

—어머나, 무슨 말씀을?

통신기로 대꾸하는 헨리에타. 어째 평소보다 쾌활한 어조였다.

한 발의 총성이 더 울렸다. 이번엔 다리 사이로 이어지는 궤적. 두 번째 탄환은 뮤턴트 사이클롭스의 고간을 때렸다.

크그그가!

앞선 것보다도 크고 날카로운 포효. 아무래도 놈을 제대로 열 받게 만들려고 작정한 듯했다.

"야, 헨리에타."

─보아하니 또 쏘려는 것 같은데? 물론 탱커님께서 잘 막아주시겠죠?

그녀의 말마따나 놈의 팔뚝 위로 재차 돌기가 곤두섰다. 그러나 투사체를 발사하기 직전에 얼음이 그 위를 뒤덮었다. 차수정이 이능력을 발휘한 것이다.

"쏘세요."

적수린에게 말한 헨리에타가 연신 방아쇠를 당겼다. 잠시 허둥거리던 적수린 또한 이내 사격을 개시했다.

크가아악!

뮤턴트 사이클롭스가 육탄 돌진에 들어갔다.

이번 목표는 차수정.

그녀는 침착하게 바닥을 얼리며 뒷걸음질을 쳤다. 이내 미끄러진 사이클롭스의 거체가 요란한 파괴를 일으켰다. 그 과정에서 놈의 팔을 감싼 얼음이 깨졌다.

드르르륵!

피어나는 먼지 사이로 대량의 투사체가 발포됐다. 그러나 얼마 날아가지 못하고 허공에 정지했다. 적시운의 염동력에 붙들린 것이다.

─1분 남았어.

통신기 너머로 들려오는 적시운의 목소리.

헨리에타는 심호흡을 하고서 집중했다. 적시운에게서 전수받은 소호신공의 기운이 손가락 끝으로 몰려들었다.

이내 약실 안으로 집약되는 기운. 내공을 머금은 탄환이 은은한 빛을 발했다.

'조금만 더.'

탄환이 부르르 떨리는 게 느껴졌다. 자칫하면 쏘기도 전에 탄두가 쪼개지거나 깨질지도 모르는 만큼 신중해야 했다.

'조금만 더!'

1인치도 안 되는 자그만 쇳덩이에 농축된 내공. 난이도만 보자면 검기보다도 한 수 위라 할 수 있었다.

이제 곧 임계점. 더 버티다간 쏘기도 전에 총이 박살 날 것이다.

헨리에타는 방아쇠를 당겼다.

쾅!

앞선 것들과는 차원이 다른 총성.

막대한 위력의 탄환이 허공을 갈랐다.

1초에 불과한 짧은 비행 끝에 탄환은 뮤턴트 사이클롭스의 미간에 도달했다. 그리고 마수의 머리통을 그대로 파고들었다.

퍼억!

두개골을 파고든 탄두가 그대로 쪼개졌다.

족쇄를 풀고 나온 소호신공의 기운이 사이클롭스의 뇌수를 헤집어 놓았다.

뮤턴트 사이클롭스는 비명도 지르지 못한 채 고꾸라졌다.

"아파?"

"약간요."

태연한 척하던 헨리에타가 움찔했다. 의료용 솜으로 그녀의 볼을 닦던 적수린이 피식 웃었다.

"소총이 터져 버릴 정도라니. 대체 무슨 탄환을 넣어 날린 거야?"

"탄환 때문이 아니에요. 그 안에 들어간 힘 때문이죠."

"힘이라면, 시운이에게서 받은?"

"네, 지금은 온전히 제 것이지만요."

적수린은 조금 얼떨떨한 표정이었다.

"이능력자가 아니면서도 그런 위력을 낼 수 있다는 거지?"

"네, 언니도 조금만 수련하시면 해내실 수 있을 거예요."

헨리에타의 시선이 옆으로 향했다.

"부작용이 없지는 않지만요."

산산조각이 난 바렛이 놓여 있었다. 뺨의 상처는 그 파편

때문에 생긴 것. 뺨을 스쳤기에 망정이지 조금만 각도가 빗나갔어도 실명했을지 모를 일이었다.

사체를 살피던 적시운과 차수정이 돌아왔다.

뮤턴트 사이클롭스로부터 회수한 아포칼립틱 코어가 손에 들려 있었다.

"코어 레벨은 B밖에 안 되더라고. 어쩐지 A급치고는 맹물이다 싶더라니."

나직이 투덜거리는 적시운.

물끄러미 바라보던 헨리에타가 입을 열었다.

"칭찬해 준다며?"

"잘했어, 헨리에타. 칭찬 끝."

"겨우 그걸로 끝이야? 사람 의욕 떨어지게."

"그럼 뭐 달리 해줄 게 있어야지."

"데이트라도 해주지 그러니?"

둘의 대화를 가만히 듣고 있던 적수린이 말했다.

헨리에타와 차수정의 얼굴이 순간 빨개졌다. 정작 적시운은 시큰둥했지만.

"농담으로라도 그런 말은 마, 누나."

"왜 농담일 거라고 생각하니? 두 사람 다 싫어하는 눈치는 아닌데."

두 사람의 얼굴이 한층 빨개졌다. 그제야 적시운의 표정에도 약간의 동요가 생겼다.

"사냥이나 계속합시다. 이거 하나 잡자고 인천까지 온 게 아니니."

"도망치는 거니, 시운아?"

적시운은 못 들은 척 걸어갔다.

보법이라도 펼친 듯 삽시간에 멀어지는 걸 보며 적수린은 피식 웃었다.

"기분 나쁜 농담이었으면 미안해, 두 사람 다."

"아, 아뇨. 그렇지 않아요."

"……."

서로를 힐끔 보고는 시선을 피하는 두 여인. 적수린은 감을 잡았다는 듯 고개를 끄덕였다.

그리고 천마는 흡족했다.

[자네 여형(女兄), 패나 마음에 드는 성격이로군.]

'시끄러워.'

"뼈아프군."

국정원장 서상진이 씁쓸히 중얼거렸다. 적시운이라는 골칫거리를 처리하고자 나서기도 전에 또 다른 사건이 터져 버린 것이다.

무려 3년 만의 게이트 파동. 광란의 시기가 다시 찾아왔다는 전조인지도 몰랐다.

"그놈이 돌아오자마자 이런 일이 벌어졌다는 건가."

정보 취합 및 분석 경력만 20년이 넘는 그였다.

적시운의 귀환과 게이트 사이엔 시간적 유사성 외에는 아무 관계가 없다는 것을 잘 알고 있었다.

그간 마수들의 준동이 지나치게 뜸했을 뿐. 겨울이 지나가고 새싹이 트는 것처럼 이제 다시 전쟁의 시기가 다가오고 있을 따름이었다.

그럼에도 심정적으로는 두 개의 사건을 연결 짓고만 싶은 게 사실이었다.

"기다리게 해서 미안하오."

암석 같은 인상의 군인이 수행원을 대동한 채 들어섰다.

별 3개가 수놓아진 견장 위로 서상진의 시선이 스쳤다. 2사단의 사단장인 김성렬 중장이었다.

결코 우호적이지 않은 표정과 시선에 서상진은 내심 쓴맛을 느꼈다.

본디 한국 육군의 사단장 계급은 대체로 소장이다. 그러나 마수와의 전쟁 과정에서 일종의 계급 인플레이션이 일어났다. 군 병력의 축소 과정에서 1개 사단의 전력과 지위가 급

상승하기도 했고.

그중에서도 첫손에 꼽히는 2사단의 지휘관. 자존심도 보통이 아닐 텐데 심기까지 불편했다. 서상진에게 있어 결코 좋은 일이 아니었다.

때문에 시작부터 선을 그어둘 필요가 있었다.

"수상께서 긴급 명령을 전달하신 것으로 알고 있습니다만."

"들었소. 따를 것이고."

"감사한 말씀입니다. 다만 저는 사단장님의 고유 권한에까지 간섭할 생각은 없습니다. 그 점을 확실히 말씀드리고 싶습니다."

"나는 그저 군인으로서 국가가 시키는 일을 수행할 뿐이오."

무뚝뚝한 대답에 서상진은 쓰게 웃었다.

"알겠습니다. 이 얘기는 나중에 다시 하지요. 제가 사단장님을 부른 것은 황강댐 부근에 생겨난 게이트 때문입니다."

"처리하란 명령이 내려와서 병력을 진군시켰는데, 거기에 문제라도 있소?"

"문제는 물론 없지요. 다만 진군 루트를 조금 변경할 수 있지 않을까 싶어서 말입니다."

"과천 말씀이군."

서상진의 얼굴이 진지해졌다.

"그렇습니다."

바윗덩이 같던 김성렬의 얼굴에 처음으로 표정 변화가 생겨났다. 결코 우호적인 방향은 아니었지만.

"얘기는 자주 듣고 있소. 전 요원 한 명 때문에 내각이 흔들리고 있다더군."

"세상의 풍문이란 과장되기 쉬운 법이죠."

"엄연한 자국 도시를 공격할 생각까지 품고 있는 마당에 과장 운운하는 것이오?"

서상진은 멈칫했다.

"공격하자는 게 아닙니다. 그저 과천 행정부를 압박할 카드로……."

"그 압박이란 거, 우리는 언제든 너희를 칠 수 있다는 암시를 주자는 것 아니오?"

"맞습니다. 다만 그뿐입니다. 실제로 공격할 생각 따윈 추호도 없습니다."

"나는 단순한 인간이오. 그 덕분에 이 나이가 되도록 출세와는 거리가 멀었지. 이 사단장 감투도 내 동기와 선배들이 모조리 죽어 나간 탓에 눌러쓰게 된 거고."

"……."

"그래서 복잡한 정치적 사정 따윈 잘 모르오. 다만 이것

하나만은 확실히 알지. 내 군대는 대한민국을 수호하기 위해 존재한다는 것."

"적시운이야말로 그 대한민국의 위해 요소입니다."

"대한민국 내각의 위해 요소일 테지."

서상진이 입을 닫았다.

상대는 높이 뻗은 절벽. 그 앞에 대고 뭐라 고함을 치든 돌아오는 건 메아리뿐일 터였다.

"진군 경로는 변경하지 않겠소. 우리 군은 황해도로 향할 것이오."

"알겠습니다."

설득을 포기한 서상진이 상체를 당겼다.

수상이 내린 권한으로 지휘권을 강탈할 수도 있다. 하지만 그건 득보다 실이 큰 선택이었다.

김성렬이 지적한 대로, 병력을 끌고 가 봤자 할 수 있는 건 무력시위가 전부였던 것이다.

압박을 줄 순 있어도 결정타를 먹일 순 없다.

저쪽이 무시하고 버티면 끝.

서로 피곤하기만 할 뿐 진전은 없을 터였다.

'2사단이란 카드는 당분간 고이 모셔두는 수밖에.'

일단은 한발 물러서서 상황을 관조할 때였다.

구름이 흘러가는 인천시의 풍경은 처참하다기보다는 목가적이었다.

인적이 완전히 사라진 도시 곳곳에 꽃과 풀잎이 무성했고 마수들 또한 생각보다 적었다.

방사능 주의 경보도 사라진 뒤.

남구보다도 서쪽, 황해에 더 가까워졌음을 생각하면 실로 특이한 일이었다.

소총이 박살 난 시점에서 헨리에타는 전력에서 이탈했다. 적수린이야 처음부터 전력 외였으니, 싸울 수 있는 것은 적시운과 차수정뿐이었다.

그리고 적시운은 그 사실에 조금도 개의치 않았다.

"한 바퀴 정찰 돌고 올게. 이곳에서 기다려."

그 말을 남긴 채 적시운은 빌딩 숲 사이로 사라졌다.

"처음부터 저럴 생각이었을 거예요."

헨리에타가 말했다.

어느새 벽돌과 목재를 모아 그럴싸한 모닥불을 피워놓은 뒤. 그 위로는 작은 냄비가 끓고 있었다.

헨리에타는 몇 첩의 봉지 커피를 뜯어 종이컵에 쏟았다. 소총을 쥔 채 주변을 경계 중인 적수린과는 너무나 대조적인 모습이었다.

"언니도 경계 그만하시고 좀 쉬세요."

"응? 하지만……."

"이 근처에 마수는 없어요. 있었다면 적시운이 가만두지 않았을 테고요."

그렇게 단정 지은 헨리에타가 차수정을 돌아봤다.

"그러니 수정 씨도 긴장 풀고 이리 와서 좀 쉬어요."

"아, 네."

차수정이 쭈뼛거리며 모닥불로 다가갔다.

아직 해가 중천에 떠 있었지만 황량한 인천의 시가지는 제법 쌀쌀했다.

헨리에타는 끓는 물을 종이컵에 따랐다. 향긋한 커피 향이 여인들의 긴장을 완전히 녹였다.

"근데 이거, 그냥 마셔도 괜찮은 거야?"

"방사능 주의 경보도 사라졌고 방사능 억제장까지 쳐 놓으니 괜찮아요. 물도 도시에서 가져온 것이니 오염되지 않았고요."

과연 얼마 떨어지지 않은 위치에서 자그만 장치가 작동하고 있었다.

적수린은 더 고민하지 않고서 모닥불 앞에 앉았다.

"여기요."

"감사합니다."

종이컵을 받은 차수정이 고개를 꾸벅 숙였다. 헨리에타 또한 어색한 미소로 화답했다.

묘하게 서먹서먹한 분위기. 적수린의 한마디 이후로 계속 이런 식이었다.

먼저 입을 연 쪽은 차수정이었다.

"헨리에타 씨는 마수 사냥 경험이 풍부하신 것 같아요."

"말은 그렇게 해도 수정 씨 역시 전투 경험은 상당하잖아요?"

"그렇지만도 않아요. 제가 실전에 투입된 시기부터 마수들의 습격 빈도가 감소하기 시작했거든요."

"그런가요?"

고개를 끄덕인 차수정이 말했다.

"특히나 A급 이상의 마수하고는 거의 싸워본 적이 없어요."

"저도 그래요. 이런 소규모의 파티로 A급 마수를 잡아본 적은 한 번도 없었고요."

뮤턴트 사이클롭스는 결코 약한 마수가 아니었다. 더군다나 일행과 조우했던 개체는 유니크한 방향으로 진화한 특이종. 일반 사이클롭스를 상대하듯 덤벼들었다면 큰 낭패를 보았을 것이다.

"세 번째 사격 말인데요."

차수정이 조심스럽게 물었다.

"특수한 탄환을 사용하거나 한 게 아니었죠?"

"네, 일반 탄환이었어요. 다만 거기에 특수한 힘을 불어넣은 거죠."

"시운 선배가 사용하는 것과 같은 힘인가요?"

"비슷해요. 같다고 하기에는 조금 애매하지만……."

헨리에타가 손바닥을 위로 펼치고서 눈을 감았다.

잠시 후, 푸르스름하게 반짝이는 기운이 그녀의 손바닥 위로 넘실거렸다.

차수정은 그것을 홀린 듯 바라봤다.

"이능력이 아니군요."

"네, 적시운은 이걸 내공이라고 불렀어요."

차수정은 고개를 끄덕였다. 내공이 무엇인지는 그녀 역시 대강이나마 알고 있었다. 자연히 적시운이 무공을 익혔다는 데까지 생각이 뻗쳤다.

'선배는 대체 어디서 저런 힘을 손에 넣은 걸까?'

자연히 생겨나는 의문. 아마도 그 답을 아는 이는 적시운 본인뿐일 터였다.

적시운은 시우보를 펼쳐 단번에 남구를 주파, 월미도에까지 다다랐다.

아주 오래전엔 섬이었다지만 지금은 간척 사업으로 메워진 장소. 폐허가 된 놀이동산이 멀지 않은 곳에 있었다.

[주의. 주의. 인체에 유해한 방사능이 감지됩니다.]

다시금 경고를 뱉기 시작하는 미네르바.

방사능이 깔려 있는 거리는 놀랍도록 한산했다.

마수들이 모조리 자취를 감추기라도 한 걸까? 이곳까지 다다르는 동안 한 마리의 마수와도 마주치지 않았다.

혹시 몰라 기감을 펼쳐 봐도 마찬가지. 감지망에 들어오는 마수라고는 하위 개체 몇 마리가 전부였다. 잡아봐야 시간 낭비에 불과한 놈들. 뮤턴트 사이클롭스와 조우했던 게 기적으로 느껴질 지경이었다.

오래전부터 이러진 않았을 것이다. 그랬다면 넝마주이와 약탈자들이 가만히 있었을 리 없다. 누군가는 무주공산이 된 인천에 터를 잡았을 것이다.

"그때하고 비슷해."

[그때?]

"블랙 라이트 해안. 황혼의 순례자가 나타났을 때."

순례자는 해당 지역의 마수들을 정신 조종하여 뜻대로 부렸다. 인간들의 도시를 습격하게 하기도 하고 자신이 있는 위치로 불러들이기도 했다.

[그러니까 강한 개체 한 놈이 이곳의 괴물 녀석들을 모조리 불러들였을 거다, 그 말인가?]

"그게 아니고서는 이곳이 텅 빈 게 설명되지 않아."

적시운의 시선이 북쪽으로 향했다.

"게이트."

새로이 열린 게이트의 위치는 황해도의 어딘가라고 했다. 육군 2사단이 그곳으로 병력을 몰고 가는 중이기도 했다.

만약 그곳에 나타난 게 순례자에 필적하는 최상위 개체라면? 놈이 인간들에 대항하기 위해 졸병들을 불러들인 거라면?

텅 빈 인천의 상황이 어느 정도는 설명이 된다. 물론 물증 없는 가정에 불과하기는 했지만.

"확인해 보면 될 일이지."

[지금 바로 다녀올 생각인가?]

"직선거리 자체는 얼마 되지 않아. 충분히 다녀올 수 있어."

한때는 넘어갈 수 없었던 땅. 그러나 그 거리는 생각 이상으로 가깝다.

"내 기억이 정확하다면 옛 군사분계선에서 북쪽으로 40㎞ 밖에 떨어지지 않았어."

[백 리 거리로군. 지금의 자네라면 반 각 내로 도착할 수 있겠지.]

"다녀와 봐야겠어."

위험할지도 모른다.

아니, 필시 위험할 것이다. 그래도 리스크를 감수할 필요는 있었다. 정말 순례자급 개체가 있는 거라면 크나큰 변수로 작용할 것이기에.

잠시 후 적시운의 신형이 월미도에서 사라졌다.

"그러니까……."

묵직한 음성이 방 안에 울렸다.

"조선반도에 나타난 게 재앙급 마수일 가능성이 높다는 건가?"

"예, 중화당 내부 문서를 통해 확인했습니다."

천무맹주 백진율의 입가가 호선을 그렸다.

"심인평 그 능구렁이가 내게 말하지 않은 게 이것이었군."

정체불명의 공간으로부터 마수들을 불러들이는 차원의 틈새, 게이트.

그곳에서 무엇이 나타날지는 아무도 예측할 수 없다. 하지만 나타난 이후라면 얘기가 다르다. 정보 위성과 무인 드론, 그 외의 여러 수단을 통해 정찰하는 게 가능했다.

중화당 또한 수단과 방법을 가리지 않고서 정보를 취득했을 터. 이미 심인평은 백진율과 만났을 때 대략적인 정보를 손에 넣은 뒤였을 것이다.

그럼에도 한마디도 꺼내지 않았다. 이유야 뻔한 것이었다.

"빼앗기지 않겠다는 것이냐."

마수는 그야말로 이 시대의 영물. 그리고 그 핵심인 아포칼립틱 코어는 현대의 영단이라 할 수 있었다.

천무맹은 이미 오랜 시행착오와 연구를 거쳐 코어 에너지를 내공으로 바꾸는 방법을 갖추었다. 이능력자의 흡수 방식보다도 큰 효율을 지닌 방법을.

그렇다 보니 상위 개체 마수 사냥에 혈안이 될 수밖에 없었다. 많이 잡을수록 더 강해질 수 있었기에.

중화당과 천무맹의 묘한 견제 관계도 이와 무관하지 않았다.

중화당은 자신들이 보유한 이능력자를 성장시키기를 원했고 천무맹 또한 무인들의 내공을 키우기를 원했다.

"그렇더라도 이번 건은 심인평 주석이 크게 엇나갔습니다."

벌게진 얼굴로 투덜대는 무백노사. 은근히 우스운 그 모습에 백진율은 빙긋 웃었다.

"화난 모양이구려, 노사."

"화가 나지 않겠습니까? 어차피 이번 건은 한국 정부의 몫. 이미 군사행동에 들어갔으니 영단을 차지하는 것도 놈들일 텐데 말입니다. 그런 마당에 굳이 우리에게까지 정보를 숨길 필요가 있단 말입니까?"

"어차피 노사가 정보를 빼낼 거라 생각한 것인지도 모르지. 우리가 정보원을 심어두었다는 것쯤은 중화당 간부들도 잘 알 테니."

"그야 피장파장이지요. 놈들이 심어놓은 쥐새끼들도 결코 적지 않을 터인데……."

"그렇더라도 심인평은 제대로 봤어."

백진율이 자리에서 일어섰다. 무백노사는 멍한 얼굴로 맹주를 바라봤다.

"제대로 보다니, 무엇을 말입니까?"

"내 생각."

백진율의 미소가 선명해졌다.

"게이트의 위치는 발해만 너머라고 했었지? 빠듯하게 내달리면 오늘 내로 도착할 수 있겠군."

"맹주님?"

"생각해 보면 그간 너무 나태해져 있었던 것 같군. 간만에 몸 좀 풀고 와야겠어."

"맹주님!"

무백노사가 펄쩍 뛰었다.

"영단이 필요하신 거라면 제가 가져다드리겠습니다. 당장 이곳에만 해도 3개의 천상급 영단이 있습니다."

"하나 더 채우면 좋지 않겠어?"

"적시운 그놈 때문에 그러십니까? 이미 제가 손을 써두었습니다. 사흘 내로 흑룡방의 살수들이 파견될 것입니다. 구태여 맹주께오서 나서실 것도 없습니다!"

"왜 내가 나서는 걸 두려워하지, 노사?"

백진율이 고개를 돌렸다. 등골 한가운데를 관통하는 한기에 무백노사는 마른침을 꿀꺽 삼켰다.

"설마 내가 놈에게 당하기라도 할 거라고 생각하는 건가?"

10

"그럴 리가 있겠습니까?"

무백노사의 대답이 뒤늦게 흘러나왔다.

"감히 어느 누가 천무맹주의 존체에 흠집이나마 가할 수나 있겠나이까? 저는 다만 이 정도 일에 맹주께서 나서실 필요까지나 있을까 하여……."

"그만."

백진율이 담담히 말했다.

"나는 이미 마음을 정했소."

"하오나, 맹주……."

"너무 걱정할 건 없소. 처리할 대상은 게이트를 넘어왔다는 마수뿐. 적시운이란 놈을 찾아 헤맬 생각은 딱히 없으니까."

무백노사는 타성적으로 고개를 끄덕였다. 내심 안도의 한숨을 뱉으며.

"하지만."

백진율의 말은 끝난 게 아니었다.

"그 과정에서 놈과 마주치기라도 한다면 얘기가 달라질 테지."

"……."

"기개가 있는 놈이라면 이런 기회를 그냥 날릴 리가 없지 않겠소?"

"그것은……."

"흑룡방 파견은 예정대로 진행하시오. 어차피 이건 전부 개인적인 추측일 뿐. 실제로 들어맞으리란 보장 따윈 없으니. 어쨌든 나는 황해도로 갈 거요."

맹주는 이미 마음을 정했다. 이제는 그 누구도 그 결심을 꺾을 수 없었다.

"노사의 염려대로라면, 정말 놈이 천마신공의 계승자라

면⋯⋯.”

백진율의 눈동자가 날카롭게 빛났다.

콰직! 콰드득!

방 안의 가구들이 찌그러지고 쪼개지기 시작했다.

체내의 공력은 끌어올리지 않은 채 그저 감정만을 쏟아내
는 단계. 그럼에도 외부 공간이 영향을 받아 일그러지고 있
었다.

이것이야말로 의지만으로 생사여탈을 가능케 하는 지고의
경지.

심멸지경(心滅之境).

노사의 앞에 서 있는 사내는 진실로 일파의 지존이었다.

“죽여 없앨 따름!”

콰광!

고풍스러운 문짝이 바깥으로 터져 나갔다.

쌩하니 불어온 바람이 황룡이 수놓아진 옷자락을 흔들었다.

꼿꼿이 선 백진율이 담담히 선언했다.

“선대의 굴욕을 내 손으로 설욕할 것이오.”

쿠구구구구!

지축을 흔드는 굉음이 하늘 끝까지 닿는 듯했다.

군사분계선 너머의 녹색지대.

DMZ, 비무장지대라고 불렸던 곳이었다.

한때 대한민국에서 가장 순수한 장소였던 그곳은 지금 수천, 수만, 수십만에 이르는 마수로 뒤덮여 있었다.

콰광······!

먼 곳 어디선가 폭발이 일었다. 분단 당시에 매장되었던 지뢰라도 터진 모양.

세기를 넘어 터져 나온 불꽃이 허공을 수놓고는 사라졌다.

무슨 일이라도 있었냐는 듯 또 다른 마수들이 그 자리를 채워 넣었다.

이견의 여지가 없는 장관.

적시운은 황해도로 향한다는 생각마저 잊은 채 그 모습을 바라봤다.

마수들은 누군가의 명령을 받고 있었다.

질서정연하다고는 할 수 없을지언정 통일성이 있다는 것만 봐도 알 수 있는 일.

숫자를 보아하니 인천에서만 온 것은 아닌 듯했다.

아마도 경기도 북부와 강원도 서부의 마수들은 모조리 모여든 모양이었다.

"황혼의 순례자도 이 정도까진 아니었는데."

물론 그때와는 제반 상황 자체가 다르긴 했다. 블랙 라이트 해안의 마수는 경기도의 마수보다 적었고, 보다 복잡한 명령을 받아 전술적으로 움직였다.

그렇더라도 시각적 충격은 어쩔 수 없는 것.

가장 인색하게 평가하더라도 순례자에 필적하는 지배력이란 것만큼은 인정할 수밖에 없었다.

"그런 놈이 나타났다는 거군."

간과하기 쉽지만 뉴 텍사스주의 면적은 남한의 7배에 달한다. 한반도 전체를 기준으로 잡아도 3배의 차이가 있었다.

더군다나 블랙 라이트 해안과 에메랄드 시타델 간의 거리도 수백 km에 달했다.

반면 이곳 게이트와 남한 간의 거리는?

신서울을 기준으로 잡아도 100km가 넘질 않았다. 과장 좀 보태서 엎어지면 코 닿을 거리인 것이다.

2사단 병력이 헐레벌떡 진군을 시작한 것도 이해가 됐다.

보아하니 아직 이곳까지는 도착하지 못한 모양.

적시운은 시험 삼아 마수들에게로 다가갔다. 100m 앞까지 접근했음에도 놈들은 반응하지 않았다.

"그렇단 말이지?"

스르릉.

운철검을 뽑아 들어 내공을 주입했다. 고개를 치켜든 천마검기가 칼날 위로 스멀스멀 피어났다.

천마검 참식(斬式) 제사초, 유령인(幽靈刃).

스스스스!

흑색 기운이 평소와 달리 엷어졌다. 기운이 엷어지는 만큼 뻗어 오르는 길이는 이전에 비할 데가 아니었다.

희미해진 천마검기가 30m 가까운 길이로 치솟아 올랐다. 그것을 냅다 휘둘렀다. 반투명한 검기가 수렵용 그물처럼 펼쳐졌다.

촤아아악!

그물망에 붙들린 마수들이 갈가리 찢겨 나갔다.

수증기처럼 터져 나온 핏물이 초록의 대지를 새빨갛게 물들였다.

위력은 낮으나 유효 범위에 있어선 천마검식 중에서도 으뜸. 다수의 피라미를 소탕하기에 제격인 검초가 바로 유령인이었다.

'한데…….'

바로 옆에서 같은 편이 떼죽음을 당하는데도 마수들의 움직임엔 변동이 없었다. 그저 묵묵히 걸음을 옮길 따름.

지금까지 그래 왔듯이 놈들은 북쪽을 향해 나아가고만 있었다.

"이건 뭐 좀비 떼도 아니고……."

혹시 몰라 두어 차례 더 유령인을 날려 보았다.

수십 마리의 마수가 검기의 폭풍 속에서 조각이 되어 흩날렸다.

그러나 행렬에는 미동이 없다. 마수들은 공습에 반응하지 않고서 묵묵히 나아갈 따름이었다.

적시운은 잠시 갈등했다. 이건 결코 가볍게 접근할 일이 아니었다.

황해도에선 필시 심상찮은 일이 벌어지고 있었다.

"……."

적시운은 일단 인천으로 복귀했다.

차수정과 헨리에타, 적수린은 아까 그 자리에서 적시운을 기다리고 있었다.

"금방 왔네. 근처만 둘러보고 온 거니?"

적수린의 질문에 적시운은 실소를 머금었다.

하긴 시간 자체는 1시간도 흐르지 않았으니 저렇게 생각할 만도 했다.

"일단 복귀하자. 인천엔 당분간 볼일이 없을 것 같아."

눈치 빠른 차수정과 헨리에타가 표정을 굳혔다.

"무슨 일이 있었군요?"

"마수들이 싹 사라졌어. 부름에 이끌린 거지."

"부름이라니요?"

"아무래도 황해도 게이트에서 튀어나온 놈이 상당한 거물인 모양이야."

"황혼의 순례자처럼?"

헨리에타가 끼어들었다. 적시운이 고개를 끄덕이자 차수정이 설명을 요구하는 시선을 보냈다.

"설명은 나중에. 일단 복귀부터 하자."

세 사람이 고개를 끄덕였다.

자리에서 일어난 헨리에타가 문득 사이클롭스의 사체를 돌아봤다.

"근데 저 녀석은 왜 여기에 남아 있었던 걸까?"

"좀 덜떨어진 녀석이었나 봐."

적수린이 농담조로 대꾸하자 차수정이 말했다.

"아마 진화한 지 얼마 되지 않았기 때문일 거예요. 정신체가 안정되지 않은 상태에서 부름을 받았기에 명령을 이해하지 못한 거죠."

"그런 걸까?"

"네, 이 근방의 방사선 수치만 다른 곳에 비해 낮죠? 아마저 마수가 진화하는 과정에서 흡수했기 때문일 거예요. 방사능은 마수의 도핑제니까요."

"그런 일이 가능해?"

"과거의 상식대로라면 불가능하죠. 하지만 블랙링이 떠오른 지금이라면 얘기가 달라요. 21세기까지의 물리법칙이 송두리째 뒤집혔으니."

일행의 시선이 하늘로 향했다.

유달리 푸르른 창공. 구름 사이로 뚜렷한 흑색 고리가 끝없이 뻗어 있었다.

차수정이 말했다.

"가요. 과천으로."

국정원장과 2사단장의 회동은 10분 만에 끝났다. 김성렬은 부대로 복귀했고 서상진 또한 청사로 돌아왔다.

'2사단은 당분간 머릿속에서 지운다. 지금 지니고 있는 패만으로 판을 짜보는 수밖에.'

그렇더라도 상황이 나쁘지만은 않았다. 2사단을 제외하더라도 국정원과 특무부가 남아 있었으니까.

하지만 판을 짜기도 전에 윗선에서 호출이 왔다.

현 대한민국 내각 수상인 정태산. 서상진에게 적시운 말살을 명령한 장본인이었다.

"무슨 일입니까?"

─적시운 건은 잠시 보류하셔야겠소.

"다짜고짜 그게 무슨 말씀입니까?"

정태산이 이미지 파일을 전송했다. 파일을 열어본 서상진
은 단번에 모든 것을 이해했다.

―원장께서 부재중일 때 들어온 급보요. 위성으로 1차 확
인을 했고 무인 드론을 급파해 재차 확인했소. 이미 내부적
으로 임전 태세에 들어간 상태요.

"마수 등급은 확인하셨습니까?"

―스캐닝 드론의 분석 결과는 에코(Echo), 시에라(Sierra)요.

에코와 시에라는 포네틱 코드(Phonetic Code).

그중에서도 E와 S, 즉 엘리트 레벨과 S등급을 뜻했다.

재앙급 마수가 황해도 황강댐에 나타났다. 신서울과 100
㎞도 떨어지지 않은 거리에.

―마수들의 대대적인 이동 또한 감지되었소. 1시간 이내
로 2사단 선봉대가 군사분계선 근처에서 전투를 시작할 것
이오.

"그렇다면 저 또한 한 가지 제안할 게 있습니다."

서상진이 상체를 끌어당겼다.

"전시 상황의 국가 원수는 계엄령을 선포할 수 있습니다.
지금 데프콘1을 발령한다면 아무런 저항 없이 과천 특구 내
에서 군사행동을 펼칠 수 있을 것입니다."

―진심으로 하는 소리요, 서 원장?

"S급 마수는 분명 강력하지만 처치 불가능한 악몽까진 아닙니다. 적절한 지원만 더해진다면 2사단의 병력만으로도 능히 처리할 수 있습니다. 다시 말해……."

서상진은 장갑 낀 손으로 안경을 추슬렀다.

"전시 상황을 선포하여 2사단 외의 병력을 운용, 과천을 치는 것이 가능하다는 뜻입니다."

―…….

"진정한 승부사라면 악재 안에서도 호재를 찾아내는 법입니다. 만약 수상께서 어느 정도의 악명을 감내하실 수만 있다면……."

―적시운의 목을 가져다 바치겠다, 그 말인가?

"그렇습니다."

모니터 화면 너머로 두 사람의 시선이 첨예하게 부딪쳤다. 웃음과 분노의 경계에 선 표정이 정태산의 얼굴에 희미하게 드러났다.

―아쉽게도 그 제안은 받아들일 수 없겠군.

"그렇습니까?"

―악명이나 오명이 두렵기 때문이 아니오. 여론이나 잡것들이 지껄이는 소리가 거슬리기 때문도 아니고.

"그렇다면 무엇 때문입니까?"

―아무래도 서 원장께선 한 가지 사실을 간과하고 계신 것

같군.

"간과했다고 하셨습니까?"

대답 대신 또 하나의 이미지 파일이 전송됐다. 이번에는 제법 오래된 문서의 스캔본이었다.

"……!"

빠르게 읽어 내린 서상진의 얼굴이 창백해졌다. 깍지 낀 손 너머에서 정태산의 두 눈이 싸늘하게 빛났다.

─이제 아시겠소?

"아직도…… 아직도 '그것들'이 그곳에 있었습니까?"

─그렇소. 수차례 회수하려고 조사대를 파견했으나 결국 찾아내지 못했지. 마수 놈들로 인한 피해만 막심했고.

대한민국의 주적. 북한의 핵병기 보유량은 한때 200기까지 이르렀었다. 그 위력을 합산한 추정치는 대략 2,000메가톤(Mt). 한반도를 송두리째 뒤집어 놓고도 남을 정도였다.

그러나 그 핵무기들은 결국 실전에 쓰이지 않았다. 마수들은 기민하게 북한 노동당의 수뇌부를 전멸시켰고 국가가 붕괴하는 최후의 순간까지도 핵병기의 발사 코드는 작동하지 않았다.

대한민국 정부는 이후 핵무기 수거에 나섰다. 하지만 대대적인 작전에도 불구하고 200기 중 절반가량을 지금껏 회수하지 못했다.

그리고 황강댐은, 회수되지 않은 핵병기가 잠들어 있는 장소 중 하나였다.

—이제 아시겠소? 지금 우리는 과천이나 적시운 따위를 신경 쓸 상황이 아니오.

정태산의 뺨 위로 땀 한 방울이 흘러내렸다.

—자칫하면 한반도 전체가 사라지게 될지도 모르오.

제31장
대면

1

복귀한 적시운을 기다리는 이는 김무원이었다.

"마수들과 관련된 극비 정보를 입수했네."

"황해도로 몰려들고 있다는 것 말입니까?"

김무원이 한 대 얻어맞은 표정을 했다.

"알고 있었나?"

"척하면 척이죠. 인천이 싹 비워졌습니다. 다른 지역도 마찬가지일 테고요. 보아하니 못해도 중서부 지방은 죄다 빈 모양인데요."

"으음……."

"한데 왜 이리 정보가 늦은 겁니까? 이 정도로 대대적인 이동이 있었다면 어떻게든 눈에 띌 수밖에 없을 텐데요."

"마수들이 험지와 산지를 주요 경로로 삼아 이동했네. 이동하는 시간도 대체로 한밤중을 택했고."

"원인은 역시 재앙급 마수입니까?"

김무원이 고개를 끄덕였다.

"2사단이 출진한 건 역시 그 때문이었던 듯하네. 과천만을 생각한다면 한시름 던 셈이지만……."

"실제론 그 반대죠. 마수들이 친목회 하러 모이는 것도 아닐 테고."

"따라오게. 자네에게 보여줄 게 있네."

적시운은 김무원을 따라갔다.

장소는 특구 행정청의 기밀 자료실.

의원으로 보이는 이들과 권창수가 그곳에 있었다.

한쪽 벽면에는 홀로그램 화면이 비치는 중이었다.

"저자는……?"

"데몬 오더 길드의 마스터, 적시운 님입니다."

권창수의 소개에 갖가지 반응이 나타났다. 대체로 뭐라 말은 꺼내지 못한 채 '허어', '흐음' 따위의 소리나 내는 식이었다.

요컨대 적시운을 탐탁잖게 여기고 있다는 것. 물론 적시운으로선 알 바 아니었다.

적시운은 개의치 않고 빈자리에 앉았다. 이윽고 한눈에 이해할 수 있게끔 간소화된 자료가 벽면에 나타났다.

홀로 서 있던 정보 요원이 설명을 시작했다.

"게이트를 넘어온 것은 대재앙급, S등급 마수로 추정됩니다. 지금껏 목격된 적 없는 특이종이지만 형태로 추정컨대 타란튤라(Tarantula) 계열일 가능성이 높습니다."

"타란튤라라면, 거미라는 말인가?"

권창수의 질문에 정보 요원이 고개를 끄덕였다.

"예, 무인 드론이 포착한 열탐지 사진으로 보건대 16개의 다리를 지녔으며 전체적으로 거미의 형상을 지니고 있습니다."

"크기는?"

"원형 몸체의 지름을 대략 30m로 추정하고 있습니다. 각 다리의 길이는 70m 안팎으로 추정 중입니다."

순례자보다는 작은 몸집. 그러나 더 약하다고 단정 지을 수는 없었다. 마수의 전투력은 몸 크기에 나오는 게 아니었기에.

"정부는 해당 마수에게 아라크네(Arachne)라는 코드네임을 붙였습니다."

"무난한 작명이군."

"전투 방식은?"

적시운의 목소리. 의원들의 시선이 순간적으로 집중됐다.

정보 요원이 대답하지 못하고 눈치를 보자 권창수가 말했다.

"전투 방식은 관찰되었나?"

"아, 아직 관찰되진 않았습니다. 아라크네가 본격적인 전투에 들어가지 않았기에."

"그럼 목적은?"

또다시 적시운의 질문.

의원 몇몇이 불편한 침음을 흘렸지만 적시운은 개의치 않았다.

"그것이……."

정보 요원이 우물쭈물하자 권창수가 말했다.

"그건 제가 차후에 설명드리죠. 일단은 브리핑을 마치도록."

"아, 예."

정보 요원이 브리핑을 이어갔다. 정부 측 반응과 여론 따위의 시시콜콜한 이야기였다.

브리핑이 끝나자 권창수는 의원들과 정보 요원을 내보냈다. 방 안에는 세 사람만이 남게 됐다.

"다음부터 할 얘기가 있으면 독대를 하거나 김 부장님 통해서 하십시오. 괜히 저런 작자들 들여놓지 말고."

"의원들과 얼굴이나마 익히게 할까 생각해서 부른 건데,

제 생각이 짧았던 모양이군요."

"내가 저 치들 얼굴을 알아야 할 이유가 있습니까?"

"그건 그렇군요. 죄송합니다."

권창수가 깔끔하게 사과했다. 사과를 받은 만큼 적시운도 더 추궁하진 않았다. 이런 일로 시간을 낭비할 만큼 여유로운 것도 아니었고.

"저 거미의 목적은 이미 파악된 모양이던데요."

"그렇습니다."

"하지만 의원들 앞에서 말할 만한 내용은 아니고요."

"정확합니다."

"그래서, 놈의 목적은 뭡니까?"

권창수가 의자 팔걸이의 컨트롤러를 조작했다. 벽면에 몇 장의 문서와 사진이 떠올랐다. 빼곡한 글씨를 읽을 것도 없었다. 흑백 처리된 버섯구름만 봐도 그 의미를 알 수 있었으니까.

"핵입니까?"

"예, 황강댐 근처에 오래된 핵 격납고가 있습니다. 과거 북한이 장거리 미사일 개발에 열 올리던 시절 축조해 놓은 것이죠."

"거기에 핵이 아직도 남아 있다는 겁니까?"

"그곳에 있다는 정보까진 확보했지만 결국 정확한 위치는 찾아내지 못했습니다."

"근처를 죄다 헤집어 놓으면 못 찾을 것도 없었을 텐데요."

"마수, 예산 부족, 당파 간 알력 싸움 등등의 이유가 있었지요. 정치란 때때로 신발 끈 묶는 일조차 실뜨기보다 복잡하게 만드는 법입니다."

적시운의 미간에 주름이 파였다. 참기 힘은 욕지기가 뱃속에서 끓어올랐다.

"버러지들."

권창수가 쓴웃음을 지었다.

"그 버러지 중의 하나지만 반박하진 못하겠군요. 어쨌든 이건 아직 추정 단계에 불과합니다. 어쩌면 그럴 수도 있다, 하는 정도죠."

"추정이 아닐 겁니다."

인간 이상의 지성을 지닌 괴물들. 최상위 마수들이란 그런 존재였다. 핵의 존재를 감지하고 게이트를 열었을 가능성은 충분했다.

"2사단과 한국 정부가 잘 처리하기만을 바라야겠군."

김무원의 말은 한발 물러난 관람자의 그것이었다. 의지의 유무를 떠나 이번 일에 발을 담그는 것 자체를 상정하지 않겠다는 태도. 그것은 권창수 또한 마찬가지였다.

"우리 입장에선 잘된 일입니다. 물론 그것도 2사단이 제대로 해낼 때의 얘기이긴 합니다만."

"마수들의 손아귀에 핵이 들어가면 한반도 전체가 끝장이오. 내각으로선 발등에 불이 떨어진 기분일 테지."

"우리는 아닙니까?"

적시운이 끼어들었다. 김무원과 권창수의 시선이 한데 모였다.

"물론…… 우리도 그렇다네. 2사단이 실패한다면 우리 목숨도 위태로워질 테지."

"왜 2사단입니까?"

"응?"

"이번 아라크네 레이드(Raid)는 그냥 방관하겠다는 겁니까?"

권창수를 돌아보며 말하는 적시운.

그제야 적시운의 의도를 알아챈 김무원의 낯빛이 파리해졌다.

권창수가 입을 열었다.

"예, 과천 특구는 이번 전투에서 한발 떨어져 있을 겁니다."

"이유는?"

"우리는 약하기 때문입니다."

적시운은 고개를 끄덕였다. 완전히 납득했다는 그 표정에 권창수도 김무원도 쓴웃음을 지었다.

"이미 알고 계시겠지만 정부와 우리 간의 전력 차는 압도적입니다. 이제 와서 돕겠다고 나서봤자 저쪽에서 환영할리도 없고요. 차라리 이 틈을 타 힘을 비축하는 편이 이득입니다."

"만약 2사단이 패한다면?"

"그럴 기미가 보인다면 정부가 추가 병력을 투입할 겁니다. 그래도 마수들의 수중에 핵이 떨어진다면…… 신의 가호를 바라야지요."

적시운의 말이 없자 권창수가 한숨을 내쉬었다.

"치졸하다는 건 저도 알고 있습니다. 국가 전체가 위기에 빠질지도 모르는 마당에 정적과의 알력 싸움이나 상정하고 있다는 것. 누가 봐도 한심해 보이는 일이겠지요."

"그 반대라고 보는데."

"예?"

"나라를 위해 힘을 합쳐야 한다는 둥의 실없는 소리나 늘어놓았다면 댁을 머저리라 생각했을 겁니다."

권창수가 멍한 얼굴을 했다. 김무원이 조심스레 입을 열었다.

"자네 역시 이번 결정을 반대하진 않겠다는 것으로 받아들여도 되겠나?"

"지금 과천 특구의 병력으론 도시 하나 지키기도 벅차니다. 돕겠다고 나서봤자 조롱거리가 되거나 제거당하고 말 테죠."

"하면 자네도…….

"저는 갈 겁니다."

김무원과 권창수의 눈이 휘둥그레졌다.

"데몬 오더는 데려가지 않습니다. 어디까지나 저 혼자 다녀올 생각입니다."

"힘을 비축해야 한다는 데엔 자네도 동의하지 않았나?"

"그야 여러분이 힘을 비축해야 한다는 뜻이죠. 내가 아니라."

김무원은 말문이 막혔다. 권창수 역시 별반 다르진 않았다.

"위험…… 하지 않겠습니까?"

"수만 마리의 마수가 득실거리는 곳인데 위험하지 않으면 그게 이상한 일이죠."

"그건 그렇지만……."

"2사단이라는 좋은 방패가 있으니 괜찮을 겁니다. 어쨌든 그동안에 상의할 게 있다면 차수정과 얘기하십시오. 그 녀석이 당분간 길드장 대리입니다."

적시운은 충격을 받은 두 사람을 두고서 밖으로 나왔다. 그리고 곧장 길드 아지트로 귀환하여 차수정과 헨리에타를 호출했다.

"……그래서 잠깐 좀 북쪽에 다녀올 생각이야."

설명을 모두 들은 차수정의 표정은 김무원과 별다를 게 없었다. 반면 헨리에타는 그럴 줄 알았다는 얼굴이었다.

"언제쯤 돌아올 수 있을 것 같아?"

"글쎄? 나도 뭐라고 확신하진 못하지. 변수도 많을 테고 마수들도 만만찮을 테니."

"그 아라크네라는 마수를 잡을 수는 있는 거고?"

"이 나라 육군은 그렇게 약하지 않아. 자체 화력만 놓고 보면 순례자 토벌군보다도 강할걸."

"그래도 아킬레스 님 같은 능력자는 없을 것 아냐?"

황혼의 순례자 토벌군이 전멸을 면한 것은 오로지 아킬레스 한 사람의 힘이었다. 광범위 텔레포트를 응용한 그만의 방어법으로 순례자의 공세를 막아낸 덕택에 토벌군은 살아남을 수 있었다.

그만큼 중요한 게 이능력자였다. 그리고 한국은 전통의 이능력 강국이었다.

"그러고 보니 영삼이들은 어떻게 됐어?"

한국 기준상 S랭크 이능력자는 0급 사이킥으로 분류된다. 그리고 전 국민 중 0급 사이킥은 단 3명. 영삼이라는 장난 같은 이명은 그로 인해 붙게 되었다. 당사자들 앞에서 대놓고 떠들어 대는 간 큰 사람이야 물론 없었지만.

차수정의 표정은 어두웠다.

"모두 죽었어요."

"죽었다고?"

"센다이(仙台) 사태로 인해 그들뿐만 아니라 반수 가까운 특무요원이 희생됐어요."

적시운의 미간이 구겨졌다.

"그건 처음 듣는 얘기인데."

"선배가 사라진 이후의 일이니까요. 그 일로 인해 일본 열도의 절반이 가라앉았어요. 우리 정부도 상당한 타격을 입었고요."

"자세히 듣는다고 하면 꽤나 이야기가 길어질 테지?"

"아마도요."

"그럼 나중에 듣지. 어쨌든 이제 한국 내에 S랭크 이능력자는 남아 있지 않다는 거네."

"네, 그들이 살아만 있었어도 우리 정부가 중국 정부에 이렇게까지 휘둘리진 않았을 거예요."

차수정이 나직이 한숨을 내쉬었다.

"확실히 지금 할 얘기는 아닌 것 같네요. 무사히 돌아오세요, 선배."

"그래."

"저도 따라가겠다고 싶지만, 선배는 허락하지 않으실

테죠?"

"응, 방해되거든."

딱 잘라 말하는 적시운.

차수정은 쓴웃음을 지었다. A랭크 이능력자더러 방해된다고 말할 수 있는 사람이 과연 몇이나 될까 싶었다.

"수혁이의 치료는 돌아오신 다음이겠군요."

"그리 오래 걸리진 않을 거야."

"네, 기다릴게요. 그리고…… 가능하다면 저한테도 가르쳐 주실 수 있을까요? 그 무공이라는 거요."

"생각해 볼게."

두 여인과 대화를 마친 적시운은 그렉을 불렀다.

"우리 가족들 좀 부탁할게."

그렉은 의외라는 듯 눈을 깜빡였다.

"왜 다른 사람이 아닌 나지?"

"여기서 가장 신뢰할 수 있는 사람이 너니까."

"헨리에타나 밀리아가 듣는다면 통곡을 하겠군."

"헨리에타에겐 따로 맡길 일이 있어. 밀리아는 너무 단순하고. 그러니 답은 너뿐이지."

그렉은 선선히 고개를 끄덕였다.

"마수 사냥을 나가는 건가?"

"그래."

"알겠다. 행운을 빌지."

그렉과 대화를 마친 적시운은 곧장 과천 특구를 나섰다. 집에 들를까 하는 생각도 들었지만 그러지는 않기로 했다. 가족들의 얼굴을 봤다간 마음이 무뎌질 것 같았다.

'지금은 황해도에만 집중하자.'

적시운은 북쪽을 향해 신형을 날렸다.

그리고 같은 시각, 북녘의 누군가도 남쪽을 향해 신형을 날리고 있었다.

2

"전멸…… 했다는 건가."

바람을 거스르며 달리던 적시운이 중얼거렸다.

[아까 그 얘기가 그렇게나 마음에 걸리는가?]

"당연하잖아. 다른 사람도 아니고 S랭크가 셋씩이나 죽었다는데."

단순히 랭크만 봐도 펜타그레이드와 동급. 실질 전투력도 크게 뒤처지진 않을 터였다.

적시운이 기억하기로는 화염술사, 스피드스터(Speedster), 텔레패스(Telepath)로 구성된 3인방.

영삼이라는 건 뒷구멍으로나 쓰이는 단어에 불과했고 공

식적인 명칭은 삼별초였다. 옛 고려의 군사 집단에서 따온 이름인데, 당연하게도 당사자들은 두 표현 모두를 싫어했다.

명칭이야 어떻든 간에 그들은 대한민국이 보유한 최강의 인적 전력이었다. 그런 그들이 하루아침에 전멸했다는 건 필시 보통 사건이 아니었다는 뜻이었다.

"미네르바를 업데이트해 둘 걸 그랬어."

미네르바의 버전은 10년 전과 동일. 그 후엔 북미 제국에서 한 차례 업데이트한 게 전부였다. 한국을 떠난 이후 벌어진 일이 기재되어 있을 리 없었다.

[뭐, 잘된 일 아닌가? 보아하니 그 노새 같은 놈이나 정신 나간 계집애와 비슷한 수준일 텐데, 그런 놈들이 살아 있었다면 꽤나 상대하기 귀찮았을걸세.]

노새 같은 놈은 아킬레스를, 정신 나간 계집애는 에블린을 말하는 것이리라.

적시운 또한 그 말에는 동의했다. 천마신공이라는 회심의 한 방이 있다지만 S랭크 이능력자는 여전히 까다로운 상대였다.

그러는 사이 군사분계선을 넘었다. 어제와 달리 마수들은 없었다. 한때 마수였던 것들만이 널려 있을 뿐.

마수들의 사체로부터 흘러나오는 독한 피 냄새는 수 ㎞ 바깥에서도 확연히 느낄 수 있을 정도였다.

네 자릿수의 기갑 부대가 지나간 자리. 살아남은 것은 아무것도 없었다.

"화려하게도 때려 부쉈는걸."

상태를 봐선 몇 시간 지나지 않은 듯했다. 코어조차 챙기지 않은 걸 보면 부랴부랴 떠난 모양.

하기야 언제 핵이 터질지 모르는데 코어나 챙길 여력이 있을 리 없었다. 코어 자체도 기껏해야 C레벨인 싸구려뿐이었고.

"기간틱 아머의 속도를 감안하면 이미 댐에 도착했을지도."

적시운 또한 코어들을 내버려 둔 채 DMZ를 벗어났다.

[전방 5㎞ 거리에 도시(개성시)가 있습니다.]

미네르바의 화면에 떠오르는 문구.

폐허가 된 도시의 전경이 멀리 나타났다.

반파된 도로 위로 무한궤도의 흔적과 기간틱 아머의 발자국이 즐비했다.

적시운은 그 흔적이 이어지는 방향을 확인하고서 기감을 펼쳤다.

상당히 먼 곳에서 희미한 이질감이 느껴졌다. 뭐라 정의 내리기 힘들 정도의 미세한 기운. 그러나 이는 멀리 있기 때문이지 기운 자체가 약하기 때문은 결코 아니었다.

'아라크네인가? 그게 아니면 또 다른 무언가?'

확인해 보려면 직접 가 보는 수밖에 없다. 적시운은 속도를 높여 내달렸다.

"황강댐은 북동쪽으로 10㎞ 거리입니다. 아라크네의 종적은 확인되지 않습니다."

구름을 헤치며 이동 중인 거대 비행선. 한국군 제식 사령선인 백호(白虎)의 사령실은 분주했다.

"정찰용 드론들은?"

"비행형 마수들이 쫙 깔려 있어 출격하기 용이하지 않습니다."

"흐음."

사령관인 김성렬 중장은 불편한 침음을 흘렸다. 산지가 많은 대한민국의 지리는 비행형 마수들에게 있어 낙원과도 같았다. 때문에 마수들을 상대하는 입장에선 까다로운 점이 한두 가지가 아니었다.

무인 드론이 격추당하기 쉽다는 것도 그중 하나였다.

"위성 관측 현황은 어떻지?"

"먹구름이 끼어 있어 관측이 어렵습니다. 레이더 관측 및 적외선 투사 또한 시도하고 있습니다만 아라크네의 행방은 오리무중입니다."

"망할 거미 놈."

김성렬이 짓씹듯 중얼거렸다. S급 이상의 마수는 물리학 법칙마저 초월한다. 머리를 굴리는 수준 또한 인간 뺨을 가볍게 후리는 수준. 그것만으로도 벅찬데 큼직한 핸디캡까지 짊어진 채 싸워야 하는 입장이었다.

신중하게 임하고 싶어도 그럴 수가 없었다. 재고, 삼고 하는 사이에 놈이 핵무기를 손에 넣기라도 한다면 만사 끝장이었다.

"함정이라 해도 밀고 들어가는 수밖에 없다."

김성렬의 명령이 2사단 전군에 하달됐다.

선봉과 좌우익이 세 갈래로 나뉘어 황강댐을 향해 진격했다.

남쪽과 동쪽, 서쪽을 동시에 치고 들어가는 계획.

이보다 복잡하고 화려한 전술을 쥐어짜 낼 시간이 없었다.

쿠구구구.

진격하는 기갑 부대가 적황색 흙먼지를 피워 올렸다.

그 앞으로 또 하나의 먼지구름이 뭉게뭉게 피어나고 있

었다.

아라크네가 끌어모은 마수들.

수만 마리의 괴물이 댐으로 향하는 길목을 가로막고 있었다.

"꿰뚫고 가라."

김성렬의 한마디가 강철 사단의 진격으로 형상화됐다.

대한민국 육군의 제식 기간틱 아머 중 하나인 호국(護國).

개틀링식 기관포와 타워 실드로 무장한 강철 병사들이 마수들을 향해 쇄도했다.

콰드득!

대병력이 충돌했다. 호국 부대는 살을 파고드는 창날처럼 수십 배 규모의 마수들을 뚫고 들어갔다. 육편과 금속 파편이 튀어 오르고 폭발과 굉음이 곳곳에서 터져 나왔다.

호국 부대는 방패를 앞세워 부딪치는 한편, 영거리에서 기관총을 갈김으로써 공격력을 극대화했다. 그 효과는 상당하여 기갑 부대는 마수들을 풍선처럼 터뜨리며 전진해 나갈 수 있었다.

'놈들은 필사적으로 댐을 지키려 하고 있다.'

황강댐은 임진강 상류에 위치해 있었다. 과거 남북한 분단 시기에는 호우기에 강물을 무단 방류함으로써 남한 측에 피해를 유발시키기도 했었다.

하지만 그건 모두 지나간 얘기일 뿐. 정작 임진강 본류마저 말라붙은 지금은 비교적 스케일이 거대한 폐허에 불과했다.

'물 대신 핵무기를 품은 댐이라는 건가.'

북한 수뇌부가 궤멸한 이후 유출된 기밀 자료에는 소량의 핵탄두를 황강댐으로 운송시킨다는 내용이 적혀 있었다. 그 정확한 위치는 밝혀지지 않았으나 상식적으로 생각하자면 댐이나 그 부속 건물 어딘가에 있으리라 생각하는 게 옳았다.

마수들이 막아서는 것도 그 때문일 거라고 김성렬은 생각했다. 아마 다른 이들의 생각도 크게 다르진 않을 터였다.

"비행형 마수들입니다!"

오퍼레이터의 외침.

최전방을 내달리던 호국 부대의 위로 시커먼 그림자가 드리웠다.

끼에에엑!

괴성을 내지르는 것은 톡식 와이번(Toxic wyvern) 무리. 놈들이 토해낸 독액의 빗발이 호국부대의 머리 위로 떨어져 내렸다.

치이이익!

삽시간에 녹아내리는 합금 장갑.

아머들뿐 아니라 가까이에 있던 마수들까지 뼈를 드러내

며 녹아내렸다.

아군마저 죽음으로 몰아넣는 치명적인 공격이었으나 세뇌된 마수들에게 피아의 개념 따위가 있을 리 없었다.

크에엑!

독액을 맞아 녹아내리는 와중에도 마수들은 멈추지 않았다. 소름 끼치는 자살 특공에 호국 부대의 진격이 더뎌졌다.

"크윽!"

"크아아악!"

조종석까지 스며든 독액이 라이더의 몸을 녹였다. 스며들지 못하더라도 금속과 반응해 독가스를 발생시켰다. 어떤 형태가 되었든 아머 라이더들에겐 치명적인 공격이었다.

"저 빌어먹을 것들을 요격하라!"

쾅! 콰광!

비행 선단으로부터 포격이 시작됐다.

함포들이 불을 뿜자 먹구름 낀 하늘 위로 불꽃이 수놓아졌다.

요격당한 독식 와이번들이 추락해 터져 나갔다. 대량의 독가스가 퍼져 나오며 근처의 마수들을 녹여 버렸다.

일부는 허공에서 폭발해 호국 부대의 위로 와르르 쏟아져 내렸다.

"전진을 멈추지 마라! 뒤로 물러나면 혼란만 가중될 뿐.

어떻게든 앞으로 나아가라!"

김성렬이 목청껏 선봉 부대를 독려했다. 기갑병들은 동료의 시체를 밟으며 앞으로 나아갔다.

"뒈져! 뒈져! 뒈져!"

"모조리 쳐 죽여주마!"

병사들은 분노와 광기 속에서 전진해 나갔다. 대구경 탄환이 마수들을 갈가리 찢고, 합금제 방패는 놈들의 몸뚱이를 저 멀리 날려 버렸다.

비행선으로부터의 지원 포격은 마수들의 전열을 흩트림으로써 공격군의 진격을 도왔다.

지금까지는 성공적인 작전 수행.

2사단은 수적 열세마저 무시한 채 마수들을 몰아붙이고 있었다.

그럼에도 김성렬은 초조함을 버릴 수가 없었다. 이러니저러니 해도 결국 저것들은 총알받이에 지나지 않았던 것이다.

'지금 이 순간에도 뭔가를 꾸미고 있는 것이냐, 아라크네……!'

시우보를 전력으로 발휘한 적시운은 곧장 황강댐 부근에

다다랐다. 그때는 이미 전투가 시작된 뒤. 2사단의 기갑 병력은 예상보다도 훌륭히 마수들을 밀어붙이고 있었다.

'한데 놈은 없다.'

이 싸움을 시작한 장본인, S등급 이상으로 추정되는 초대형 마수 아라크네.

기감을 펼쳤음에도 놈의 기색을 찾기가 쉽지 않았다. 염동력 감지망이라면 모를까, 내공을 이용한 탐지인데도 잘 먹히질 않는 것이었다.

'과연 S급이라 해야 할지.'

순례자 때도 상황이 비슷하긴 했지만, 이번처럼 완전히 자취를 감추는 수준은 아니었다.

'놈들 또한 진화하고 있다는 건가?'

혹은 단순히 거리가 멀기 때문인지도 몰랐다. 다만 상식을 초월하는 마수들의 잠재력을 생각한다면……

'뭐, 가 보면 알겠지.'

적시운은 허공을 박차고 댐을 향해 날았다.

키에엑!

몇 마리의 독식 와이번이 적시운을 발견하고 날아들었다.

'잔챙이들이.'

독액이 까다롭다고는 하나 그것뿐. 뒤집어 말하자면 독액 말고는 고만고만한 마수라는 뜻이었다.

파앗.

적시운이 염동력을 발했다. 무형의 힘은 거대한 손아귀가 되어 와이번들을 송두리째 움켜쥐었다. 그러고는 이내 대지를 향해 처박았다.

콰직!

산산조각이 난 톡식 와이번들이 독가스를 뿜어댔다. 근처에 있던 마수들이 괴성을 토하며 녹아내렸다. 그 와중에도 적시운은 멈추지 않았다. 결국 수 초 만에 황강댐의 제방에 도달할 수 있었다.

"……."

저수지로부터 제방 위를 향하여 맹풍이 솟구쳤다. 적시운의 머리칼이 어지럽게 흩날렸다.

임진강이 말랐다고는 하나 저수지엔 아직 상당량의 저수가 남아 있었다. 아래쪽을 살피니 십여 개의 수문 중 일부가 파손되어 바깥으로 물을 쏟아내고 있었다.

'그 외에 주시할 점은?'

적시운은 눈을 감고 정신을 집중했다. 배후에 널려 있는 수만에 이르는 개체를 무시한 채, 오로지 한 놈을 찾아내는 데에만 온 신경을 쏟았다.

'살아 숨 쉬는 재앙. 나조차 공포를 느끼게 할 정도의 괴물!'

놈을 찾아낸다. 그렇다면 찾아낸 다음엔?

순례자와 엎치락뒤치락할 정도의 괴물을 어떻게 처리할 것인가.

그런 걱정이 잠깐 들었지만 옆으로 치워두기로 했다. 우선은 놈을 찾아내는 게 급선무였기에.

"......!"

찾아냈다.

번뜩 눈을 뜬 적시운은, 그러나 잠시 혼란에 빠질 수밖에 없었다.

관자놀이를 찌르는 듯한 싸늘한 기운. 그것을 발하는 존재는 하나가 아니었던 것이다.

백진율은 가슴 한구석이 싸늘해지는 것을 느꼈다. 놈이 자신을 감지했을 때, 자신 또한 놈을 감지했다.

마치 마구 달리던 두 사람이 코너를 지나다가 맞닥뜨린 것만 같은 상황이었다.

'놈이다!'

백진율은 그렇게 확신했다. 서로가 서로를 감지하고 1초도 지나지 않은 상황이었다.

쿵!

천무맹주가 진각을 밟았다. 그리고 전방을 향해 검격을 출수했다.

청백색의 검강(劍罡)이 적시운을 향해 쇄도했다.

## 3

"......!"

모든 것은 순식간에 이루어졌다.

백진율이 내달리던 위치는 저수지를 빙 두르는 호반 위.

검강은 비스듬하게 위쪽을 향하여 그대로 날아들었다. 적시운이 서 있는 제방 위로.

[기습일세! 피하게!]

천마가 벼락처럼 소리쳤다. 적시운 또한 이미 회피 동작에 나서고 있었다.

남은 것은 양쪽의 스피드.

적시운은 아슬아슬하게 검격을 피할 수 있었다.

콰콰콰광!

검강이 스쳐 지나간 지점이 수박처럼 터져 나갔다. 제방의 일부가 붕괴되며 파편과 흙무더기가 쏟아져 내렸다. 그 여파로 댐 전체가 미세하게 흔들렸다.

그사이 백진율은 신형을 날려 댐 위로 날아들었다. 운철검을 뽑아 든 적시운이 그를 겨냥한 채 대치했다.

댐의 윗부분의 너비는 생각보다도 널찍했다. 두 사람은 공간의 여유를 느끼며 마주 섰다. 사실 외나무다리였다 해도 크게 긴장하진 않았을 것이다.

압박감을 느끼는 부분이 있다면 순전히 상대방의 무위 때문. 최소한 적시운은 그러했다.

'조금 전, 분명히 검강이었지?'

[그렇다네. 게다가 패나 친숙한 느낌이기도 했네.]

'친숙하다면, 마교의 무공이라도 된다는 거야?'

[꼭 수하나 우군에게서만 친숙함을 느낄 수 있는 건 아니지.]

친숙하되 우리 편은 아니다. 그렇다면 남는 경우의 수는 하나뿐이었다.

'진득하게 맞붙었던 적.'

거구의 사내였다. 적시운보다 머리 하나는 더 큰 키에 체구 또한 탄탄한 근육질. 전체적으로 야생마를 연상케 하는 사내였다.

사내의 복색을 살펴본 적시운이 입을 뗐다.

"너, 중국인인가?"

혹시 몰라 영어로 물어보니 사내의 미소가 짙어졌다.

"그렇다. 물론 너는 조선인일 테고 말이지."

"한국인이다."

"흠, 이름은 필시 적시운일 테지?"

"……."

적시운의 눈매가 가늘어졌다.

알 만한 이들에겐 퍼질 대로 퍼진 이름이었으니 그리 놀랄 일은 아니었다. 그래도 기분이 썩 좋지는 않았다.

"천무맹 나부랭이로군."

사내의 미소가 짙어졌다. 풍기는 살기 역시 농밀해졌다. 산전수전 다 겪은 적시운조차 위축시킬 정도의 기세였다.

"나는 백진율."

천무맹주가 말했다.

"진정한 천무의 맥을 잇는 자다."

[미친 개자식이로고.]

천마가 씹어뱉듯 중얼거렸다. 여러 가지로 분노를 느끼는 듯한 기색이었다.

[마음 같아선 본좌가 직접 나서서 놈의 머리통을 쪼개 버리고 싶군. 자네가 대신 그래준대도 기뻐할 테고.]

씹어뱉듯 중얼거린 천마가 이내 덧붙였다.

[그러나 저 개자식과 지금 맞붙어선 안 되네.]

'내빼기라도 하라는 거야?'

[그편이 개죽음보다는 낫겠지.]

천마는 정말로 분한 듯 이를 갈았다.

[그간의 경험과 수련을 통해 자네의 천마신공은 상당한 경지에 이르렀네. 아직 본좌의 발밑에 이르렀다고 할 정도까진 아니지만, 최소한 그림자의 끝자락은 보았다고 봐도 괜찮겠지.]

'이 마당에도 자기 자랑을 하고 싶다는 거군.'

[자랑이 아니라 칭찬일세. 1년이 채 안 되는 기간이었음을 감안한다면 실로 엄청난 성장을 한 것이니. 게다가 그 정도만으로도 천하에 두려울 자가 없을 것이야.]

'……'

[하지만 그건 본좌의 착각이었네. 보아하니 무림맹 놈들은 자신들의 본류를 제법 온전하게 보전한 모양이네.]

'간단히 말해서 놈은 나보다 강하다는 거잖아?'

[당장으로서는, 상당히.]

적시운은 고개를 끄덕였다. 이미 놈이 검강을 펼친 시점에서 한 수 위라는 걸 느꼈기에 충격은 크지 않았다.

적시운 또한 강기를 펼치고자 한다면 펼칠 수는 있었다. 하지만 저수지를 가로질러 원거리의 적을 타격할 수 있느냐면, 그렇지는 않았다.

적시운과 마찬가지로 검을 뽑았지만 백진율은 한결 여유로운 태도였다. 그 또한 무위의 격차를 느끼는 중인 까닭일 터였다.

백진율이 검을 아래로 늘어뜨렸다. 여유를 넘어 허점을 보이는 태도였으나 적시운은 치고 들어가지 않았다.

허허실실.

섣불리 들어갔다간 역으로 당할 가능성이 높았다.

"본맹에 대해 알고 있군. 누구에게서 전해 들은 거지?"

"높으신 양반한테서."

"재미있군. 하긴 한국 정부도 대책 없이 무능하지만은 않을 테지. 혹은 중화당이 의도적으로 누설했을지도 모르겠지만."

"혼잣말이나 중얼거리러 온 건가?"

"전혀. 나는 두 가지 볼일이 있어 이곳에 왔다."

"하나는 내 목적과 겹칠 것 같은데."

"너 또한 아라크네에 관심이 있나? 하긴 대재앙급 마수의 코어에 관심이 동하지 않는다면 그게 더 이상할 테지."

"……."

"내 또 다른 목적은 바로 너다, 적시운."

적시운은 피식 쓴웃음을 지었다.

"미안하지만 그런 취향은 아니라서."

"재미있군. 그런 싸구려 농담을 동원해서라도 평정심을 유지하겠다는 건가?"

"남자한테 받는 고백에 익숙하지 않을 뿐이다. 그쪽은 꽤나 경험이 많은가 보지?"

"상황의 주도권을 중시하는 타입인가 보군. 한마디도 지지 않으려는 걸 보니. 뭐, 좋다. 그 정도 무례는 용서할 수 있다. 경우에 따라 너는 내 오른팔이 되기에 적합한 사내니까."

"누구 마음대로 오른팔이 되네 마네 하는 거지?"

"내 마음대로."

백진율은 가슴을 탕 쳤다.

"내가 내리는 결론에 따라 너를 신북경으로 데려가거나 여기서 죽여 없앨 것이다. 저항하더라도 상관없다. 팔다리를 부러뜨리고 입을 봉한 다음 가져가면 될 일이니. 그곳에서 적절한 처방과 작업을 병행한다면 네 충성을 얻어내는 것도 불가능하진 않겠지."

"세뇌시키겠다는 말을 참 장황하게도 하는군."

백진율이 싱긋 웃었다.

"반만 년에 이르는 대중화(大中華)의 역사 속에서 무공의 맥은 한 갈래로 그러모아졌다. 수많은 문파와 교파가 스러지고 난 뒤에 남은 유일한 것은 우리 천무맹뿐."

날카로운 삼백안이 적시운을 비추고서 번들거렸다.

"너는 실로 오랜만에 나타난 본맹 외의 무인이다. 그러니 대답하라. 네 무공의 사조는 누구인가?"

"……하."

적시운은 헛웃음을 터뜨렸다. 천마에게서 들었던 사연과

천무맹의 정보, 그리고 백진율이 지껄인 이야기까지. 질서 없이 널브러져 있던 조각들이 교묘히 짜 맞추어지는 느낌이었다.

"차라리 단도직입적으로 묻는 게 어때? 네 무공이 바로 천마신공이 아니냐고 말이다."

"……!"

백진율의 동공이 미세하게 흔들렸다. 약간이나마 동요했다는 뜻.

적시운은 작은 성취감을 느끼며 웃었다.

"너는…… 천마의 후계자인가?"

"아니."

적시운은 말했다.

"나는 천마 사냥꾼이다."

"선봉 부대가 마수의 군진을 돌파했습니다!"

"비행형 마수들이 물러납니다. 동쪽과 서쪽의 마수들이 댐 하류로 몰려들고 있습니다."

분주하게 이어지는 오퍼레이터들의 보고.

김성렬은 모니터에 비치는 지형도를 노려보며 고심하고

있었다.

"설마 아라크네가 이미 달아나기라도 했다는 건가?"

겁을 먹고 내뺐거나, 이미 핵을 빼돌렸거나.

만약 후자의 경우라면 최악의 상황을 상정할 수밖에 없었다.

'자체적인 핵무기 발동!'

핵폭탄은 일반적인 폭탄과 다르다. 화약을 터뜨리거나 전기 자극 따위를 준다고 터지거나 하지 않는다. 응당 마수들 따위가 건드린다고 터뜨리거나 할 수 있는 게 아니었다.

……라는 것은 인간의 오만에 불과했다.

마수들은 알고 있었다. 아니, 놈들의 수뇌부가 알고 있었다는 표현이 보다 적절할 것이었다.

여하간 분명한 사실은 놈들이 핵무기를 가동하여 지상에서 터뜨렸다는 점이었다.

애꿎게도 첫 타깃은 세계 최강국인 미국이었다.

러시아와 더불어 세계 최대의 핵보유국이었던 나라가 아이러니하게도 자신들의 무기에 불바다가 되어버렸다.

그리고 가장 최근의 경우라면 역시 하나뿐.

'센다이 사태…… 일 테지.'

3명의 S랭크 이능력자를 포함한 수많은 이를 죽음으로 몰아넣은 충격적인 사건.

지표면에서 터진 전술핵은 일본 센다이시를 하루아침에 증발시켰다.

사실 핵으로 인한 직접적인 피해는 크지 않았다. 센다이시는 오래전에 이미 유령도시가 되어버린 뒤였으니까.

문제는 폭발로 인한 초고열과 방사능 반응.

핵의 불길 속에서 더블 S급 마수들이 탄생했다.

공식적으로 확인된 것만 3마리. 놈들은 내키는 대로 날뛰며 일본 정부에 씻을 수 없는 타격을 주었다.

이를 진화하고 제압하는 과정에서 동일본의 대부분이 가라앉고 말았다.

타격을 입은 것은 한국 정부도 마찬가지. 삼별초를 비롯한 수많은 인적 피해는 너무나 뼈아픈 손실이었다.

안 그래도 핵병기에 민감했던 각국 수뇌부는 노이로제에 걸리기 직전까지 몰렸다.

일본 정부는 수년이 지난 지금까지도 국력을 회복하지 못하고 있었다. 사실상 센다이 사태가 일본이란 국가의 숨통을 끊은 셈이었다.

그리고 이제는 한국 정부의 차례. 그때와 마찬가지로 핵이라는 이름의 시험대에 오르게 된 것이었다.

자칫하면 일본의 전철을 밟게 될 터. 신경쇠약에 걸리지 않을 도리가 없었다.

어떻게든 막아야만 했다.

김성렬이 정예 병력만을 급편성하여 황급히 달려온 것도 그 때문이었다.

"아라크네의 위치는 여전히 오리무중인가?"

"아직 조사 중입니다. 다만 비행 선단의 관측 카메라만으로는 한계가 있습니다."

"모두 다 뒈진 다음에야 찾아낼 생각인가? 와이번 새끼들도 달아났으니 적재된 무인 드론을 모조리 뿌리도록!"

정찰용 드론들이 살포되었다. 사령선을 호위하던 비행선들 또한 거리를 벌린 채 댐 주변을 샅샅이 살피기 시작했다.

"사령관님!"

오퍼레이터 한 명이 비명에 가까운 소리를 뱉었다. 거의 경기를 일으키는 듯한 반응에 김성렬은 이를 악물었다.

"뭔가!"

"이, 이것을……."

대형 모니터에 영상이 떠올랐다. 실시간으로 촬영되는 영상 속에 비치는 건 황강댐의 저수지였다. 정확히는 제방 위.

김성렬은 순간 멍해졌다.

"저놈들은 대체 뭐지?"

마수들은 인간의 상식을 뛰어넘을 정도의 지성을 지녔다. 하지만 그 수준이 인간으로선 감히 범접조차 할 수 없는 아득한 경지인가 하면, 결코 그렇지 않았다.

그런 면에 있어 황해도, 그중에서도 황강댐 근처에 열린 게이트는 순전한 우연의 결과물이었다.

이 근방 어딘가에 전술핵이 남아 있을지도 모르지만, 최소한 아라크네는 그 사실을 알지 못했다. 그녀가 필요로 한 것은 그저 본능적 욕구를 충족시키는 것뿐.

그 욕구란 물론 살육과 파괴였다.

아라크네는 일단 근처의 하급 마수들부터 불러들였다. S급 마수의 강력한 지배력에 근처의 잔챙이들이 이끌려 모였다.

놈들을 미끼 삼아 먹잇감들을 끌어들이려는 게 아라크네의 생각이었다. 그 무엇보다도 마수들을 살찌우는 것은 바로 파괴와 살육이었기에.

그녀는 기다렸다.

과연 예상대로 인간들이 나타났다. 생각보다도 많은 숫자였다.

먹잇감이 나타났으니 이제는 추수를 할 시기.

아라크네는 본격적으로 움직이기에 앞서 가볍게 몸을 풀었다.

우우우웅.

저수지의 수면이 거세게 떨렸다. 그 아래, 진흙탕 속에 파묻혀 있는 존재의 움직임에 맞추어.

사냥의 시간이 도래했다.


4


"그게 무슨 뜻이지?"

적시운은 느낄 수 있었다. 잘 세공된 조각품처럼 정교한 예기의 첨단이 약간이나마 흔들리는 것을.

그만큼 여유가 넘친다는 반증이라 볼 수도 있겠지만 말이다.

어쨌든 그 틈을 놓칠 생각은 없었다.

팟!

천마보의 제삼보, 설매경신이 펼쳐졌다.

눈으로 보면서도 느끼지 못할 정도의 은밀함으로 적시운은 단번에 백진율의 후방을 점했다.

순간 백진율 또한 보법을 펼쳐 전진, 적시운이 서 있던 자리로 이동하며 신형을 반전시켰다.

"……!"

양측의 눈동자에 경이가 스쳤다. 하나 그 감정은 새벽이슬처럼 금세 사라졌다. 상대방에게 감탄했음을 구태여 보일 필요는 없었기에.

'간다!'

적시운은 공력을 최대한 끌어올렸다.

그것은 백진율도 마찬가지였다.

콰직!

진각을 밟자 안 그래도 약해져 있던 바닥이 쪼개져 나갔다.

적시운은 개의치 않고서 치고 나갔다.

섬전처럼 교차하는 검격!

천마검기를 한껏 머금은 운철검은 시커먼 송곳니를 드러낸 이리 같았다.

반면 백진율의 검은 타오르는 백색 날개를 지닌 한 마리의 봉황이었다.

팟!

두 기운이 충돌한 순간 댐 주변의 색채가 사라졌다.

빛과 어둠이 뒤엉킨 공간 속으로 모든 것이 빨려드는 것만 같았다.

전투 중이던 병사들은 물론, 상공을 부유 중이던 비행선에서도 똑똑히 확인할 수 있었다. 터져 나오는 빛과 어둠의 향연을.

댐 위에서 거대한 폭발이 일어났다.

쾅! 콰과과광!

충돌의 여파가 황강댐을 수 갈래로 쪼갰다.

도미노가 잇달아 쓰러지듯 십여 개의 수문이 굉음을 내며 떨어져 나갔다.

자연히 저수지에 남아 있던 대량의 저수가 방류되기 시작했다.


충격파는 상공까지 뒤흔들었다.

비록 미세한 수준이긴 하나, 사령선인 백호까지도 좌우로 뒤흔들렸다.

탑승자들이 아연실색한 것은 당연했다.

"아!"

오퍼레이터가 비명에 가까운 탄성을 뱉었다.

김성렬을 비롯한 다른 이들도 그 이유를 깨닫고서 눈을 부릅떴다.

거의 모든 수문이 열려 저수가 콸콸 쏟아지는 와중.

느리지만 분명히 바닥을 드러내는 저수지 아래에서 무언가가 번들거리고 있었다.

"설마……!"

"크…… 헉!"

적시운은 피를 토했다. 터져 나온 검붉은 핏덩이가 허공 너머로 비산했다.

옆구리가 시뻘겋게 물들어 있었다. 백진율의 검강이 훑고 지나간 자리.

그 짧은 순간에도 기어코 한 방 먹인 것이었다.

피한다고 피했는데도 이 정도. 이쪽은 손맛을 느끼지 못했기에 더욱 입맛이 썼다.

[천마를 잡았으니 천마 사냥꾼이라는 건가? 근데 본좌가 저 괴물 나부랭이들도 아니고, 사냥이 뭔가? 사냥이.]

'그래도 천마 슬레이어보다는 낫잖아.'

[그건 또 뭔가?]

'드래곤을 때려잡으면 드래곤 슬레이어. 천마를 때려잡았으면 천마 슬레이어. 근데 뭔가 어색하니까 그냥 천마 사냥꾼.'

[무슨 소린지 잘 모르겠구먼. 그나저나 자네가 일방적으로 당한 것도 패나 오랜만이지 않던가?]

'그래서, 고소해?'

[약간은.]

'같은 편이라는 작자가…….'

[정신이나 집중하게. 그러다 강바닥에 머리부터 꽂히겠군.]

'알고 있어.'

적시운은 심호흡을 하며 상황을 살폈다. 거꾸로 뒤집힌 채 대지를 향해 추락하는 중. 바로 옆에서는 방류되는 물줄기들이 시원스레 쏟아지고 있었다.

적시운은 그 물줄기 속으로 몸을 날렸다. 상처 회복에 좋지는 않겠지만 기척을 숨기려면 이게 최선이었다.

'놈의 위치는?'

호흡을 멈춘 채 염동력 감지망을 펼쳤다. 기감을 펼쳤다간 오히려 역추적당할 가능성이 높았다. 염동력 감지망 역시 100퍼센트 안전하진 않았지만 당장으로선 기감보다 나았다.

백진율의 기척은 느껴지지 않았다.

'쳇.'

혀를 차는 사이 강물에 풍덩 빠졌다. 그 와중에도 침착하게 몸 상태를 살폈다.

옆구리의 상처를 제외하면 대체로 양호한 편. 약간의 내상이 있긴 했지만 심각한 수준은 아니었다.

[그 검이 타격의 대부분을 흡수했기 때문일세.]

'……'

운철검은 여전히 오른손에 쥐어져 있었다. 천마검기를 머금고서 백진율의 검강과 정면충돌했음에도 무사한 걸 보면 명검은 명검이었다. 22세기의 북미 대륙에 왜 존재했던 건지 의아할 정도로.

'아킬레스가 바다 너머에서 가져온 건가?'

[지금 그런 걸 생각할 땐가? 현실 도피하지 말고 여기에나 전념하게. 아직 싸움은 끝나지 않았네.]

천마의 말대로였다. 한 방 크게 터뜨려 틈을 벌리긴 했지만 본질적으로 해결된 것은 아무것도 없었다.

촤악.

적시운은 수면 밖으로 나왔다. 그리고 강줄기의 옆으로 펼쳐진 숲에 몸을 숨겼다.

콰광……! 콰과과……!

숲은 소란스러웠다. 얼마 떨어지지 않은 곳에서 마수와 기갑 부대 간의 전투가 이어지고 있었다.

'저 소란스러운 틈새로 스며든다면?'

[조심하게!]

천마의 외침이 뇌리를 때렸다. 거의 동시에 자신을 향해 날아드는 예리한 살기를 감지했다. 기감 대신 염동력에 집중한 게 패착임을 실감하는 순간이었다.

"큭!"

시우보를 펼치는 한편 염동력으로 육체를 밀어냈다.

낼 수 있는 최대한의 스피드로 펼치는 회피.

아슬아슬한 시간차로 백색 검강이 공간을 갈랐다.

콰과과과!

숲 위로 섬광의 벽이 치솟아 올랐다.

산천초목이 모조리 갈려 나가는 가운데 적시운의 신형이 백진율을 향해 쇄도했다.

'큰 한 방을 펼칠 틈을 줘선 안 된다!'

내공의 규모를 보자면 두말할 것도 없는 적시운의 열세.

적시운도 지금껏 상상을 넘어선 속도로 천마결을 갈고닦아 왔지만, 백진율의 내공은 그 이상이었다.

게다가 정순하기까지 했다. 장인의 손으로 세심히 세공된 백자를 보는 것만 같았다.

힘의 크기로 맞설 순 없었다.

'그렇다면 쾌속의 공방 속에서 기술의 정교함으로 맞설 수밖에……!'

쩍!

적시운의 고개가 뒤로 젖혔다. 눈앞이 번뜩이는 가운데 백진율의 음성이 들려왔다.

"자잘한 공방이라면 자신 있을 거라 생각했나?"

왼손, 아마도 스트레이트.

그 이상은 알 수 없었다. 적시운의 감지 능력을 넘어선 스피드와 예리함이란 것만 실감했을 뿐.

"크⋯⋯!"

이를 악물고서 턱을 당겼다. 멍하니 있다가 턱에 한 방 먹는다면 만사 끝장. 절정의 무인이라 해도 뇌가 흔들리는데 버틸 재간은 없었다.

신속의 공방이 수 초간 이어졌다. 검과 검이 부딪치고 권과 각이 충돌했다.

적시운은 자신이 알고 있는 모든 박투술을 총동원해 몰아쳤고, 백진율 또한 침착하게 이에 대응했다.

콰과과광!

두 명의 초인의 충돌로 인해 파괴되는 것은 숲.

폭풍우와 같은 공방 속에서 숲은 풍랑에 휩쓸리고 뒤집히는 일엽편주와 같았다.

나무들이 쉴 새 없이 쓰러지고 분질러졌다. 운 나쁘게도 근처를 배회하던 마수들이 휘말려선 육편이 되어 흩날렸다.

쾅!

적시운의 몸이 주르륵 밀려났다. 몇 그루의 나무를 분지르고 나서야 멈춰 선 적시운이 시커먼 핏덩이를 토했다.

"하."

[이 정도면 됐네. 더 만용을 부릴 것은 없어. 패배를 인정하는 건 부끄러운 일이 아닐세. 이제부턴 달아나는 데에 전력을 기울

이게.]

'뛰면 저 녀석이 잘 가라고 내버려 두겠어?'

[그렇다고 패배가 뻔한 싸움을 이어갈 텐가? 자네는 아무렇게나 죽어 나자빠져도 될 입장이 아닐 텐데?]

적시운은 대답 없이 전방을 응시했다.

승기를 잡았다고 확신한 듯 백진율이 천천히 걸어오고 있었다.

피투성이인 적시운과 달리 그는 비교적 말끔했다. 의복의 일부가 찢겨져 구릿빛 피부가 드러난 것이 전부. 희미한 생채기조차 나지 않았다는 데에 화가 치밀었다.

예전이었다면 달아났을 것이다. 무슨 수를 써서라도 살아남는 것을 최우선으로 여겼을 것이다.

사실 지금이라고 크게 다르진 않았다.

하지만 조금은 달랐다.

과거의 적시운이 도주를 통해 활로를 찾았다면 지금의 적시운은 앞으로 나아감으로써 활로를 찾는다.

'내게도 생긴 모양이야. 무인의 호승심이라는 게.'

[자네…….]

'아직 이쪽 패를 모두 까진 않았어. 무공 대결은 저쪽의 우위라지만, 승패를 결정짓는 요소는 그것뿐만이 아니야.'

몸을 일으킨 적시운이 백진율을 응시했다. 백진율은 여전히 여유를 잃지 않은 얼굴이었으나 마음속으로는 적잖이 긴장하고 있었다.

'머리가 굳고 나서 처음이군. 이렇게까지 오래 싸워본 것은.'

13살.

그가 스승인 무백노사를 넘어섰을 때의 나이였다.

이듬해엔 노사를 비롯한 천무맹의 모든 무인을 압도할 정도가 되었고 성인이 되고 나선 그와 10합 이상을 주고받는 상대가 사라졌다.

수천 년간 집약된 천무맹의 무학, 아시아 대륙 전역에서 공수해 온 갖가지 영약과 신물, 현대식으로 어레인지된 체계적인 수련, 그리고 이 모든 것을 훌륭히 소화해 낸 천부적인 육체와 재능까지.

백진율은 고독했다.

훌륭한 수하들과 존경할 만한 정적들을 지녔음에도 채워지지 않는 공허가 그의 안에 있었다.

어쩌면 오늘 그 공허를 채워줄 상대를 만난 것인지도 모른다.

그렇기에 조금은 서글펐다. 그 상대를 죽여 없애야 한다는 현실이.

"과거 세외를 공포로 몰아넣었던 사교(邪敎), 천마신교의 후예여. 네 목숨을 끊음으로써 기나긴 악연에 종지부를 찍겠다."

"너 같은 놈들은."

적시운은 냉소를 머금었다.

"꼭 이런 순간이 되면 쓸데없는 소리를 나불거리더군. 어디 교본 같은 거라도 있는 건가?"

"유언치고는 격이 없군."

"죽지 않을 거니까."

"아니, 너는 여기서 죽는다. 내가 죽음을 집행할 것이기에."

"안 죽어. 내가 널 부숴 버릴 테니까."

"입으로만?"

"아니, 실력으로."

적시운이 허리를 꼿꼿이 폈다. 운철검을 두 손으로 쥔 채 내공을 끌어올렸다. 동시에 염동력을 육체 위로 덧씌웠다.

염동술사들의 전투 방식 중 하나인 육체 강화술, 속칭 염체강신(念體降神)이었다.

"흐음."

백진율의 눈에 이채가 떠올랐다.

염체강신 자체는 대단할 게 없는 수법. 육체 위로 염동력의 갑옷을 씌워, 방어와 공격 양면을 강화시키는 게 전부였다. 시전자의 재량에 따라 육체 강화 능력자 부럽지 않은 전투력을 낼 수도 있다.

그러나 효율성 면에선 물음표가 그려질 수밖에 없었다. 염동력으로 몸 전체를 두르느니 한 지점에 집중하는 쪽이 공방 양면에서 더 효율적인 게 당연했기에.

적시운 역시 그걸 알기에 염동력을 희미하게만 덧씌워 놓았다.

그 상태에서 내공을 끌어올리자 은은한 오라가 육체 위로 피어났다.

내공과 이능력은 서로에게 간섭하지 않는다. 천마의 호신 강기는 적시운의 이능력을 막아내지 못했고 그 반대의 경우도 마찬가지였다.

하지만 그것은 어디까지나 두 힘의 매개체가 달랐기 때문일 뿐.

지금과는 상황이 달랐다.

만약 두 힘이 동일한 매개체를 두고서 발휘된다면? 그때에도 서로에게 전혀 영향을 미치지 못할까?

이에 대한 개념은 이미 북미 제국에 있던 시절부터 떠올렸었다.

그리고 신서울에 도착했을 때 실전 적용해 보았다. 시우보를 펼치는 동시에 염동력으로 육체를 전진시켰던 것이다.

그 결과 두 힘은 서로를 무시하거나 상쇄되지 않고서 시너지를 일으켰다.

지금처럼.

5

2사단 기갑 부대는 마수 군단을 상대로 여전히 우세를 점하고 있었다.

전투 중에 댐이 터져 나가는 일이 발생했지만 전황에 실질적인 영향을 끼치진 않았다. 하지만 김성렬을 비롯한 사령실의 인원들은 기뻐할 수가 없었다.

화면을 채우고 있는 두 개의 화면이 그 이유였다.

하나는 임진강 측면에 자리 잡은 숲.

숲은 실시간으로 파괴되어 가고 있었다. 육안에 비치는 정황만 보자면 대규모의 기갑 병력이 그 몇 배에 이르는 마수들과 격돌하고 있는 것만 같았다.

하지만 김성렬은 알고 있었다. 숲속에 몰아치는 폭풍의 정체는 두 명의 인간이란 것을. 필시 조금 전 댐의 제방 위에서 있었던 자들일 터. 댐을 파괴한 것도 그들임이 분명했다.

"최상위 랭크의 이능력자……. 그게 아니면?"

쉽게 해소되지 않을 의문.

그러나 온전히 거기에만 집중하고 있을 수도 없었다. 바로 옆에서 재생 중인 또 다른 화면 때문이었다.

황강댐의 저수지였다. 그새 대부분의 물이 빠져나가 바닥이 보일 지경이었다.

그 한가운데에 그것이 있었다.

전체적인 색감은 청록색.

제법 오랫동안 그곳에 있었던 듯 대량의 녹조류가 덕지덕지 달라붙어 있었다. 그것만 보자면 차라리 큼직한 바위에 가까워 보이기도 했다.

하지만 그것은 바위가 결코 아니었다. 녹조 이파리 사이사이로 비어져 나온 체모만 봐도 알 수 있는 사실이었다.

"그곳이었나!"

추정 등급 S, 엘리트 레벨의 마수.

아라크네는 저수지의 밑바닥에 대기하고 있었다.

'하지만 왜?'

이유는 알 수 없었다. 거미 형태를 지녔다고 해서 습성까지 완전히 거미와 동일하진 않았던 것이다.

기실 모든 마수가 그러했다. 원형이 된 동물의 습성을 그대로 빼다 박은 마수들이 있는가 하면, 전혀 다른 습성을 지닌 놈들도 결코 적지 않았다.

일각에선 그러한 비일관성이야말로 마수의 상징이라고 할 정도.

자주 관찰되어 널리 알려진 마수가 아닌 이상은, 어떠한

편견이나 선입관도 함부로 가져선 안 됐다.

"핵반응을 살펴봤나? 놈이 핵탄두를 지니고 있나?"

"무인 드론이 스캐닝 정보를 전송해 왔습니다. 아라크네를 기점으로 반경 100m 이내에는 어떠한 핵병기 반응도 존재하지 않습니다."

김성렬은 안도의 한숨을 내쉬었다. 적어도 최악의 상황만큼은 피한 듯했다. 핵을 손에 넣지도 못했는데 왜 가만히 있었는지는 여전히 의문.

하지만 그리 복잡하게 생각하지는 말기로 했다. 어차피 머리 싸매고 고민해 봐야 마수의 속내 따위는 알 수 없는 일이었으니.

"돌격군의 상황은? 지금 바로 아라크네를 칠 수 있겠나?"

"1대대와 3대대 쪽 마수 병력이 와해된 상태입니다. 또한 5대대와 7대대가 강하 대기 중에 있습니다."

"수송선은?"

"제3흑표입니다."

"좋아. 1, 3대대 쪽에 지원 포격 갈기고 3번 흑표를 호위하여 저수지 상공까지 이동한다."

모골이 송연해지는 괴성이 터져 나온 것은 바로 그때였다.

쿠오오오오!

아라크네의 울부짖음이 사위를 흔들었다. 주춤주춤 밀려

나던 마수들이 그 괴성에 반응하여 미쳐 날뛰기 시작했다.

크아아악!

캬아악!

근소하게나마 우위를 차지하던 전황이 한순간에 뒤집혔다. 승기를 잡은 기갑병들의 허점을 찌르고 들어간 한 방. 긴장의 끈이 느슨해져 있던 2사단 부대가 뒤로 밀리기 시작했다.

취이이익!

증기기관이나 내뿜을 법한 소리가 울렸다.

질척질척한 저수지의 바닥 위로 16개의 다리가 드러났다. 각각의 다리는 기괴하게 비틀려 있었다. 마치 꽈배기를 연상케 하는 모습. 다만 그 비틀림의 수준은 비교할 바가 아니었다.

아라크네의 다리들은 저러다 찢겨 나가지 않을까 싶을 정도로 뒤틀려 있었다. 원 길이가 대략 70m에 이르던 다리들은 극도로 비틀린 까닭인지 원래의 절반에도 미치지 못하는 듯했다.

"대체 무엇을 하려고……?"

혼잣말을 흘리는 김성렬. 그에 대답이라도 하듯, 아라크네가 행동을 개시했다.

팟.

직경 30m의 거체가 사라졌다. 모두가 아라크네의 특수 능력이 텔레포트인 걸까 생각한 순간, 충격파가 사위를 휩쓸었다.

부아아앙!

파도처럼 원형으로 퍼지는 진흙. 소닉붐이 사방에 울렸다.

가까이 있던 기간틱 아머와 마수들이 충격파에 벌러덩 넘어졌다. 비행선들 또한 선체를 흔드는 여파를 정면으로 맞았다. 백호 또한 예외는 아니었다.

"아아악!"

"우왓!"

승무원들이 비명을 토했다. 서 있던 이들이 황급히 주변의 사물을 붙잡았다. 행동이 느린 이들은 볼썽사납게 널브러졌다.

"크……!"

김성렬은 의자의 손잡이를 움켜쥔 채 침음했다.

육안으로 좇지 못한 무시무시한 스피드. 그래도 정황을 보건대 놈이 무엇을 했는지는 알 것 같았다.

'뛰어올랐다……!'

16개나 되는 무시무시한 수축성을 지닌 다리는 그것을 위해 존재했을 터.

탄성 또한 초월적인 수준일 것임이 분명했다. 그 다리들을 펼 때 나오는 막대한 힘을 이용해 몸체를 상공으로 날려 보낸 것이리라.

'그렇다는 건……!'

김성렬의 구릿빛 얼굴에서 핏기가 사라졌다.

올라간 것은 내려오는 법.

놈이 하늘 높이 뛰어오른 것은 목적이 아닌 수단이었다.

그렇다면 그 목적은?

"다시 내려오는 것…… 인가!"

　

초음속으로 날아오른 아라크네의 거체는 얼마 지나지 않아 성층권에 다다랐다.

상승 속도가 느려지다가 정지에 이르자 아라크네는 16개의 다리를 둥글게 말아 몸을 감쌌다.

그리고 대지를 향해 하강했다.

동일한 등급이라 가정할 때 염동력의 공격력은 그리 빼어난 편이 아니다.

공격 일변도인 원소 계열에 밀리는 것은 물론, 육체 강화계나 변환계를 상대로도 우위를 차지하지 못하는 게 현실이었다.

그럼에도 염동력자가 고평가받는 이유는 하나였다. 응용 가능 범위가 모든 이능력을 통틀어 톱클래스라는 것.

시전자의 역량에 따라 실로 무궁무진한 활용이 가능한 게 바로 염동력이었다.

예컨대 지금처럼.

쾅!

천랑권 제이초, 낭혼권격.

동시에 3가지 형태로 염동력을 펼쳤다.

하나는 주먹의 강화.

염동력의 막을 주먹 위에 덧씌움으로써 강도를 상승시켰다.

두 번째는 속도 강화.

내뻗는 주먹에 힘을 가함으로써 권격의 속도를 배가시켰다.

세 번째는 타점의 약화.

주먹이 적중하는 지점에 염동력을 미리 투사하여 방어를 방해했다.

타점 약화는 별 재미를 못 봤지만 두 가지 형태의 권격 강화는 상당한 효과를 봤다.

백진율이 뒷걸음질을 쳤던 것이다.

“……!”

내내 여유롭던 백진율의 표정에 처음으로 균열이 생겼다.

전투가 시작된 이후 처음.

물리적 타격은 거의 없다시피 했지만 정신적 타격은 결코 작지 않았다. 무공만 봤을 땐 절대 우위인 자신이 놈의 권격에 밀려난 것이다.

“후.”

적시운이 가볍게 숨을 뱉었다. 여전히 옆구리가 욱신거리고 코로는 숨쉬기가 불편했지만, 웃는 쪽은 백진율이 아닌 그였다.

“너, 이능력은 지니지 못한 모양이군.”

“…….”

“그렇게까지 놀랄 게 있나? 네놈들도 한 번쯤은 떠올려 봤을 개념일 텐데. 이능력과 무공의 결합 말이다.”

천마의 내공이 적시운의 염동력을 막아내지 못한 것은 어디까지나 두 힘을 발휘하는 주체가 다르기 때문이었다.

주체가 동일하다면 두 힘은 충분히 서로를 강화하거나 충당할 수 있었다.

“그래, 네 말이 맞다.”

백진율이 나직이 말했다.

“우리 또한 수차례 시도해 왔고, 지금도 하고 있다. 인간이 소유할 수 있는 가장 강력한 두 힘을 결합한다는 건 분명 매력적인 도전일 테지."

백진율의 눈빛이 착 가라앉았다.

"하지만 그 성과는 예상만큼 좋지 않았다. 무공과 이능, 두 가지 모두에 천부적인 재능을 지닌 인간은 없었으니까."

"네 눈앞에 있잖아."

"……게다가 그 효율이란 것도 생각만큼 대단치는 않다. 최상위권의 이능력과 초절정 무위를 모두 갖춘 고수를 기르는 것보단, 이능력자 한 명과 무인 한 명을 데려다 놓는 편이 훨씬 효율적이니까."

"실패에 대한 변명치고는 꽤나 장황한걸."

"……마음이 바뀌었다."

백진율의 얼굴에 처음으로 노기가 드러났다. 계속된 적시운의 도발이 마침내 결실을 맺는 순간이었다.

"원래는 너를 깔끔하게 죽일 생각이었다. 무인으로서의 예를 갖춰서. 하지만 이젠 아니다. 너를 제압해 신북경으로 데려가겠다. 그리고 본맹의 무학 발전을 위한 모르모트로 사용해 주지."

쿠구구구.

백진율의 발아래, 흙과 모래가 그의 살기에 반응하여 허공에 떠올랐다.

"너는 죽지도 살지도 못한 채 그저 존재하게 될 것이다. 천무맹을 위한 실험체로서 말이다."

"천무맹 맹주는 개소리 잘하는 순서대로 뽑나 보지? 짖는 솜씨가 일품인걸."

백진율이 웃었다. 지금까지와는 다른 살기등등한 미소였다.

"죽여주마."

"내가, 너를."

나직이 대구하면서 적시운은 정신을 집중했다. 지금껏 도발을 거듭한 것은 놈의 냉정을 흔들기 위함. 어떻게든 허점을 만들어 파고들기 위해서였다.

'다음 한 방으로 결정짓는다.'

치명타를 먹일 수 있다면 좋고, 실패한다면 깔끔하게 판 접고서 달아날 생각이었다.

끈질기게 쫓아온다면 아라크네를 찾아내 달려들 각오까지 해두었다. 그 정도가 아니고선 놈을 떼어내는 게 어려울 터였기에.

굉음이 사위를 휩쓴 것은 바로 그때였다.

부아아앙!

어마어마한 규모의 소닉붐과 충격파가 터져 나왔다. 적시운과 백진율마저 주춤하게 만들 정도.

숲이 지금까지와는 비교할 수 없는 기세로 뒤흔들렸다.

"……놈이다."

백진율의 얼굴이 하늘로 향했다. 은은하게 드러나 있던 노기는 그새 사라진 뒤.

"이렇게나 가까이에 있었는데도 눈치채지 못했다니."

"최소 S급의 마수니까. 마음먹고 기척을 감춘다면 댁이나 나로서도 감지하기 힘들어."

"대재앙급 마수를 잘 안다는 듯이 말하는군."

"한 마리, 잡아본 적이 있으니까."

적시운 또한 고개를 쳐들었다.

"분명히 상공으로 뛰어올랐지?"

"내가 감지한 바로는 그렇다."

"놈은 거미와 비슷한 형태를 지닌 마수고."

"이름부터가 아라크네니까."

"하지만 거미처럼 싸우진 않아. 마수란 그런 놈들이니까."

황혼의 순례자도 그랬었다. 초대형 거북이라고 요약할 수 있는 놈의 주 공격방식은 브레스와 촉수 방출이었다.

브레스는 그렇다 쳐도 촉수 공격은 거북이나 자라와 아무 관계도 없었다. 이 마수, 아라크네 또한 마찬가지일 터.

'설마!'

뇌리를 스치는 한 가지 가능성.

적시운이 경직된 얼굴을 내렸을 때, 백진율의 얼굴에도 비숫한 표정이 떠올라 있었다.

"너와 결착을 내는 것도 우선 살아남아야 가능할 테지."

"그래."

"임시 휴전을 제안하고 싶은데 네 생각은 어떻지?"

너무나 급작스러운 태도 변화라고 비웃기엔 상황이 녹록지 않았다.

천무맹주든 천마 사냥꾼이든 일단은 살고 보는 게 우선이었으니까.

"좋다."

적시운이 동의하자 백진율이 고개를 끄덕였다.

"아무래도 일단은 달려야 할 것 같군."

"그래."

타탓!

두 사람이 숲 바깥으로 신형을 쏘았다.

그 후방의 하늘에서는 이글거리는 생체 유성이 떨어져 내리고 있었다.

to be continued

지갑송 퓨전 판타지 장편소설

# 레벨 업 하는 몬스터

Wis Book

[특성개화 100% 완료]

시스템 활성화
특성 개화로 인하여 종족 변경:
인간 ➡ 몬스터

인간과 몬스터가 공존하는 현대.
갑작스런 특성의 개화.
기사도 사냥꾼도 아닌 몬스터로 종족이 변했다!
더 이상 인간으로 생활이 불가능한 상황!

"도대체 뭘 어떻게 하면 되냐고!"

처절하게 레벨을 올려야
사람으로 살 수 있다!

# SUPER ACE
# 슈퍼에이스

예성 장편소설

야구 선수의 프로 계약금이 내 꿈을 정했다.

"왜 야구가 하고 싶니?"

"돈을 벌고 싶어요!
집을 살 수 있을 만큼!"

시작은 돈을 벌기 위해서였다.
하지만 이제는 꿈의 그라운드를 위해서
메이저리그 명예의 전당을 노린다!

# 쥐뿔도 없는 회귀

**목마 퓨전판타지 장편소설**

불친절하기 짝이 없는 이세계 '에리야'.
그곳에 소환된 '이성민'.

13년의 생활 끝에 죽음을 맞이한 그에게
또 한 번의 기회가 주어졌다.

재능이 없다.
그러나 그에겐 13년의 기억이 있다.

우연처럼 엮인 필연이, 그리고 목적이
그를 앞으로, 더 높은 곳으로 나아가게 한다.

**이성민은 무엇을 바라였는가.
무엇이 되고 싶었는가.**

"나는 다시 살아가 보고 싶다.
전생보다 나은 삶을."

Wish Book